Sin dejar de amar
HEIDI BETTS

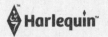

Editado por HARLEQUIN IBÉRICA, S.A.
Núñez de Balboa, 56
28001 Madrid

I.S.B.N.: 978-84-9010-265-7
Depósito legal: B-1510-2012
Editor responsable: Luis Pugni
Fotomecánica: M.T. Color & Diseño, S.L. Las Rozas (Madrid)
Impresión en Black print CPI (Barcelona)
Fecha impresion para Argentina: 10.9.12
Distribuidor exclusivo para España: LOGISTA
Distribuidor para México: CODIPLYRSA
Distribuidores para Argentina: interior, BERTRAN, S.A.C. Vélez
Sársfield, 1950. Cap. Fed./ Buenos Aires y Gran Buenos Aires,
VACCARO SÁNCHEZ y Cía, S.A.
Distribuidor para Chile: DISTRIBUIDORA ALFA, S.A.

Prólogo

Vanessa Keller, que pronto volvería a ser Vanessa Mason otra vez, estaba sentada a los pies de la cama del hotel, mirando el bastoncito de plástico que tenía en la mano. Parpadeó, notó cómo se le aceleraba el corazón, le daba un vuelco el estómago y se le nublaba la vista.

Aquello era tener tan mala suerte como que el avión que te llevara de luna de miel se cayese por el camino o que te atropellase un autobús después de que te hubiese tocado la lotería.

Qué ironía…

Soltó una carcajada y por fin dejó escapar el aire que llevaba conteniendo desde hacía unos minutos.

Estaba recién divorciada de un hombre que le había parecido el hombre de sus sueños, en un hotel del centro de Pittsburgh porque no sabía qué hacer con su vida después de que la hubiesen dejado tirada. Y, por si fuese poco, estaba embarazada.

Embarazada. De su exmarido, después de no haber conseguido tener un hijo con él en los tres años que habían estado casados, a pesar de haberlo intentado… o, al menos, de no haber intentado evitarlo.

¿Qué iba a hacer?

Se puso de pie, fue con piernas temblorosas hasta el escritorio que había en la otra punta de la habitación y se dejó caer en la silla. Le tembló la mano al dejar el test de embarazo encima de la mesa para tomar el teléfono.

Respiró hondo y se dijo a sí misma que podía hacerlo. Se dijo que era lo que debía hacer, reaccionase como reaccionase él.

No era un intento de volver a estar juntos. Ni siquiera estaba segura de querer hacerlo, ni aunque fuese a tener un bebé, pero él se merecía saber que iba a ser padre.

Marcó el número de teléfono sabiendo que sería su secretario quien respondiese. Trevor Storch nunca le había caído bien. Era un hombre rastrero y adulador, que a ella la había tratado siempre como si fuese un fastidio, y no la mujer del director general de una empresa multimillonaria y de su jefe.

Trevor respondió al primer tono con su voz chillona.

—Keller Corporation, despacho del señor Marcus Keller. ¿En qué puedo ayudarlo?

—Soy Vanessa —le dijo ella sin más preámbulos, la conocía de sobra—. Necesito hablar con Marc.

—Lo siento, señorita Mason, el señor Keller no está disponible.

A Vanessa le chocó que la llamase por su apellido de soltera, y que utilizase la palabra señorita. Seguro que lo había hecho a propósito.

—Es importante —le contestó, sin molestarse en corregirlo o discutir con él.

—Lo siento –insistió Storch–, pero el señor Keller me ha pedido que le diga que no tiene nada de qué hablar con usted. Que tenga un buen día.

Y luego colgó, dejando a Vanessa boquiabierta.

Sabía que Marc estaba enfadado con ella. Su separación no había sido precisamente amistosa, pero jamás habría esperado que la tratase con tanta dureza.

En el pasado la había querido, ¿o no? Ella estaba segura de haberlo querido a él. Y aun así habían llegado a aquello, a ser como dos extraños, incapaces de hablarse de manera civilizada.

Pero eso respondía a la pregunta de qué iba a hacer. Iba a ser madre soltera, y sin el dinero y el apoyo de Marcus, que no habría aceptado aunque no hubiese firmado el acuerdo prenupcial. Así que iba a tener que cuidar de sí misma, y del bebé, sola.

Capítulo Uno

Un año después…

Marcus Keller agarró con fuerza el cuero caliente del volante de su Mercedes negro para tomar las curvas de entrada a Summerville. Iba más rápido de lo debido.

Summerville era un pequeño pueblo de Pensilvania que estaba sólo a tres horas de su casa, en Pittsburgh, pero era como si estuviesen en dos planetas distintos. Pittsburgh era todo asfalto y luces de neón, mientras que Summerville era todo bosques, praderas, casas pintorescas y una pequeña zona comercial.

Redujo la velocidad y observó los escaparates al pasar. Una farmacia, una oficina de correos, un bar restaurante, una tienda de regalos… y una panadería.

Levantó el pie del acelerador y redujo la velocidad todavía más para estudiar la marquesina amarilla chillona y las letras negras que rezaban: La Cabaña de Azúcar. El cartel luminoso de color rojo anunciaba que estaba abierta… y en su interior había varios clientes, disfrutando de la bollería recién hecha.

Apetecía entrar, algo muy importante en el sector alimentario. Hasta se sintió tentado a bajar la ventanilla para ver si el aire olía a delicioso pan, a galletas y a pasteles.

Pero para que un negocio funcionase hacía falta algo más que un nombre gracioso y un bonito escaparate, y si él iba a invertir en La Cabaña de Azúcar, antes tenía que saber que merecía la pena.

Al llegar a la esquina giró a la izquierda y continuó por una calle lateral, siguiendo las indicaciones que le habían dado para llegar a las oficinas de Blake and Fetzer, asesores financieros. Ya había trabajado antes con Brian Blake, aunque nunca había invertido tan lejos de su casa ni tan cerca de las oficinas de Blake. No obstante, el hombre nunca lo había asesorado mal, por eso había accedido a hacer el viaje.

Unos pocos metros por delante de él vio a una mujer sola, subida a unos tacones y andando con dificultad por la acera adoquinada. También parecía distraída, buscando algo en su enorme bolso, sin mirar por donde andaba.

Marcus se sintió incómodo. Le recordaba a su exmujer. Aunque aquélla era más curvilínea, tenía el pelo más corto. Pero su manera de andar y de ir vestida era parecida. Vestía una camisa blanca y una falda negra con una raja en la parte trasera que dejaba ver sus largas y bonitas piernas. No llevaba chaqueta ni accesorios, lo que también se ceñía al estilo de Vanessa.

Marcus volvió a fijar la vista en la carretera e intentó contener la emoción. ¿Era culpa? ¿Pesar? ¿O era simple sentimentalismo? No estaba seguro y prefería no darle más vueltas.

Llevaba más de un año divorciado, así que lo mejor era no mirar atrás y seguir con su vida, como seguro que había hecho Vanessa.

Vio el edificio de Blake and Fetzer y entró en el diminuto aparcamiento con espacio para tres coches, apagó el motor y salió a la calle, hacía un cálido día de primavera. Con un poco de suerte la reunión y la visita a La Cabaña de Azúcar sólo le llevarían un par de horas y después podría volver a casa. A algunas personas les gustaba la vida de pueblo, pero Marcus era feliz en la gran ciudad.

Vanessa se detuvo delante de las oficinas de Brian Blake, se tomó un momento para alisarse la blusa y la falda, pasarse una mano por el pelo corto y retocarse el pintalabios. Hacía mucho tiempo que no se arreglaba tanto y había perdido la práctica.

Además, la ropa más bonita que tenía, comprada cuando estuvo casada con Marcus, le quedaba al menos una talla pequeña. Lo que significaba que la camisa se le pegaba demasiado al pecho y que la falda le quedaba unos centímetros más corta de lo que le hubiese gustado y le cortaba la respiración.

Por suerte, en Summerville no tenía que arreglarse tanto, ni siquiera para ir a misa los domingos, porque en esos momentos estaba luchando por mantener su negocio a flote y no podía permitirse el lujo de comprarse ropa nueva.

Decidió que no podía hacer nada más por mejorar su imagen, respiró hondo y empujó la puerta. La recepcionista la saludó con una amplia sonrisa y le informó de que Brian y el posible inversor estaban esperándola en su despacho, que entrase.

Vanessa volvió a respirar hondo antes de entrar y alzó una breve plegaria al cielo para que el rico empresario que Brian había encontrado quisiese invertir en La Cabaña de Azúcar.

Lo primero que vio fue a Brian sentado detrás de su escritorio, sonriendo mientras charlaba con el visitante, que daba la espalda a la puerta. El hombre era moreno y con el pelo corto, llevaba una chaqueta de traje gris oscura y estaba golpeando el brazo del sillón con los largos de dos de su mano bronceada, parecía impaciente por hacer negocios.

En cuanto Brian la vio, su sonrisa creció y se puso de pie.

–Vanessa –la saludó–, llegas justo a tiempo. Permite que te presente al hombre que espero quiera invertir en tu maravillosa panadería. Marcus Keller, ésta es Vanessa Mason. Vanessa, éste es…

–Ya nos conocemos.

La voz de Marcus la golpeó como un mazo, aunque con sólo oír pronunciar el nombre de su exmarido ya se le había encogido el estómago. Al mismo tiempo, Marcus se había levantado y se había girado a mirarla, haciendo que se le acelerase el corazón.

–Hola, Vanessa –murmuró.

Y luego se metió las manos en los bolsillos delanteros de los pantalones, adoptando una postura negligente. Parecía cómodo e incluso divertido, mientras que ella no podía sentirse peor.

¿Cómo podía haber ocurrido algo así? ¿Cómo era posible que Brian no se hubiese dado cuenta de que Marcus era su exmarido?

Se maldijo por no haber hecho más preguntas y por no haber insistido en que le diesen más detalles acerca de aquella reunión. Lo cierto era que no le había importado quién iba a ser el inversor, sólo le había importado que fuese rico y quisiese ayudarla con su negocio.

Se había convencido a sí misma de que estaba desesperada y necesitaba una rápida inyección de efectivo si quería mantener abierta La Cabaña de Azúcar, pero no tan desesperada como para aceptar la caridad del hombre que le había roto el corazón y le había dado la espalda cuando más lo había necesitado.

No se molestó en contestar a Marcus, miró directamente a Brian.

–Lo siento, pero esto no va a funcionar –le dijo, antes de darse la vuelta y volver a salir del edificio.

Estaba bajando las escaleras cuando oyó que la llamaban:

–¡Vanessa! ¡Vanessa, espera!

Pero ella sólo quería alejarse lo antes posible de Marcus, de sus ojos brillantes y de la arrogante inclinación de su barbilla. Le daba igual que la estuviese llamando y que estuviese corriendo tras de ella.

–¡Vanessa!

Giró la esquina que daba casi a La Cabaña de Azúcar y notó cómo le temblaban las piernas. Tenía el corazón a punto de salírsele del pecho.

Se había enfadado tanto, había deseado tanto alejarse de su exmarido, escapar y refugiarse en la panadería, que se le había olvidado que allí estaba Danny. Y si había algo que tenía que proteger todavía más que su salud mental, era a su hijo.

De repente, no pudo seguir andando y se detuvo a tan sólo unos pasos de la puerta de la panadería. Marcus giró la esquina en ese momento y se detuvo también al verla allí parada como un maniquí.

Respiraba con dificultad y eso alegró a Vanessa. Marcus siempre estaba tranquilo, frío y controlado.

—Por fin —murmuró él—. ¿Por qué has salido corriendo? Que estemos divorciados no significa que no podamos sentarnos y mantener una conversación civilizada.

—No tengo nada que decirte —replicó ella.

Recordó lo importante que era mantenerlo alejado de su hijo.

—¿Y tu negocio? —le preguntó él, pasándose una mano por el pelo antes de alisarse y abrocharse la chaqueta del traje—. Te vendría bien el capital y yo siempre estoy dispuesto a hacer una buena inversión.

—No quiero tu dinero.

Él inclinó la cabeza, reconociendo la sinceridad de sus palabras.

—Pero, ¿lo necesitas?

Hizo la pregunta en voz baja, sin rastro de condescendencia, sólo parecía querer ayudarla.

11

Y Vanessa necesitaba ayuda, claro que sí, pero no de su frío e insensible marido.

Contuvo las ganas de aceptar el dinero. Se recordó que le estaba yendo bien sola. No necesitaba que ningún hombre la rescatase.

—La panadería va bastante bien, gracias —le respondió—. Y aunque no fuese así, no necesitaría nada de ti.

Marc abrió la boca, posiblemente para contestarle e intentar convencerla, y entonces fue cuando Brian Blake dobló la esquina. Se paró en seco al verlos y se quedó allí, respirando con dificultad, mirándolos a los dos. Sacudió la cabeza, confundido.

—Señor Keller… Vanessa…

Respiró hondo antes de continuar.

—La reunión no ha salido como había planeado —se disculpó—. ¿Por qué no volvemos a mi despacho? Vamos a sentarnos, a ver si podemos llegar a un acuerdo.

Vanessa se sintió culpable. Brian era un buen tipo. No se merecía estar en aquella situación tan incómoda.

—Lo siento, Brian —le dijo—. Te agradezco todo lo que has hecho por mí, pero esto no va a funcionar.

Brian la miró como si fuese a contradecirla, pero luego asintió y dijo en tono resignado:

—Lo comprendo.

—Lo cierto es que yo sigo interesado en saber más acerca de la panadería —intervino Marc.

Brian abrió mucho los ojos, aliviado, pero Vanessa se puso tensa al instante.

–Podría ser una buena inversión, Nessa –añadió Marc, llamándola como lo llamaba cuando estuvieron casados, y desequilibrándola–. He conducido tres horas para llegar aquí y no me gustaría tener que marcharme con las manos vacías. Al menos, enséñame la panadería.

«Oh, no», pensó ella.

No podía dejarlo entrar, era todavía más peligroso que tenerlo en el pueblo.

Abrió la boca para decírselo, se cruzó de brazos para darle a entender que no tenía ninguna intención de cambiar de idea, pero Brian le puso la mano en el hombro y le hizo un gesto para que fuese con él un poco más allá y que Marcus no los oyese.

–Señorita Mason. Vanessa –le dijo–. Piénsalo, por favor. Sé que el señor Keller es tu exmarido, aunque cuando organicé la reunión de hoy no tenía ni idea. Jamás le habría pedido que viniera si lo hubiese sabido, pero quiere invertir en La Cabaña de Azúcar, quiere ser tu asesor financiero. Y tengo que recomendarte que consideres seriamente su oferta. Ahora te va bien. La panadería está funcionando sola, pero no podrás avanzar ni expandir el negocio sin capital externo, y si tuvieses una temporada mala, hasta se podría hundir.

Vanessa no quería escucharlo, no quería creer que Brian tenía razón, pero, en el fondo, sabía que era así.

Miró por encima de su hombro para asegurarse de que Marc no los podía oír y le susurró:

–No sólo está en juego la panadería, Brian. Le

dejaré que eche un vistazo. Hablad vosotros, pero sea cual sea el acuerdo al que lleguéis, no puedo prometerte que vaya a aceptarlo. Lo siento.

Bruce no parecía demasiado contento, pero asintió.

Luego volvió a acercarse a Marc y le informó de la decisión de Vanessa antes de decirle que podían entrar en la panadería. Al acercarse, el aire olía deliciosamente, a pan y pasteles. Como siempre, a Vanessa le rugió el estómago y se le hizo la boca agua, y le apeteció comerse un bollito de canela o un plato de galletas de chocolate. Ése debía de ser el motivo por el que todavía no había recuperado su peso desde que había tenido al bebé.

En la puerta, Vanessa se detuvo de repente y se giró hacia ellos.

–Esperad aquí –les pidió–. Tengo que contarle a tía Helen que estás aquí y el motivo. Nunca le caíste demasiado bien –añadió, mirando a Marc–, así que no te sorprendas si se niega a salir a saludarte.

Él sonrió irónico.

–Esconderé los cuernos y el rabo si me cruzo con ella.

Vanessa no se molestó en contestarle. En su lugar, se dio la vuelta y entró en la panadería.

Saludó con una sonrisa a los clientes que estaban tomando café, chocolate y disfrutando de los pasteles, y se apresuró a entrar en la cocina.

Como siempre, Helen iba y venía de un lado a otro, sin parar. Tenía setenta años, pero la energía de una veinteañera. Se levantaba todos los días al amanecer y siempre se ponía a trabajar inmediatamente.

Vanessa era una buena panadera, pero sabía que no estaba a la altura de su tía. Helen, además de preparar pan y pasteles, ayudaba a su marido en la barra y cuidaba de Danny, así que Vanessa no sabía qué habría hecho sin ella.

Helen oyó el chirrido de las puertas de la cocina y supo que había llegado.

–Has vuelto –le dijo, sin levantar la vista de las galletas que estaba preparando.

–Sí, pero tenemos un problema –le anunció Vanessa.

Al oír aquello, Helen levantó la cabeza.

–¿No has conseguido el dinero? –le preguntó decepcionada.

Vanessa negó con la cabeza.

–Aún peor. El inversor de Brian es Marc.

A Helen se le cayó el recipiente que tenía en la mano.

–Es una broma –le dijo con voz temblorosa.

Vanessa negó con la cabeza y fue hacia donde estaba su tía.

–Por desgracia, no lo es. Marc está en la calle, esperando a que le enseñe la panadería, así que necesito que te subas a Danny al piso de arriba y te quedes allí con él hasta que te avise.

Le desató el delantal a su tía, que se lo quitó por la cabeza y después se llevó las manos a la cabeza para asegurarse de que iba bien peinada.

Vanessa volvió hacia la puerta, deteniéndose

sólo un momento a ver a su adorable hijo, que estaba en el moisés, intentando meterse los dedos de los pies en la boca. Danny sonrió de oreja a oreja nada más verla y empezó a hacer gorgoritos. Y Vanessa sintió tanto amor por él que se quedó sin respiración.

Lo tomó en brazos y deseó tener tiempo para jugar con él un poco. Le encantaba la panadería, pero Danny era su mayor orgullo y alegría. Sus momentos favoritos del día eran los que pasaba a solas con él, dándole el pecho, bañándolo, haciéndolo reír.

Le dio un beso en la cabeza y le susurró:

—Hasta luego, cariño.

Volvería con él en cuanto se deshiciese de Marc y de Brian.

Luego se giró hacia su tía, que estaba detrás de ella, y le dio al bebé.

—Date prisa —le dijo—. E intenta que esté callado. Si se pone a llorar, enciende la televisión o la radio. Me desharé de ellos en cuanto pueda.

—De acuerdo, pero vigila los hornos. Las galletas en espiral estarán listas en cinco minutos. Y los pasteles de nueces y la tarta de limón tardarán un poco más. He puesto las alarmas.

Vanessa asintió y, mientras su tía subía con Danny al piso de arriba, ella empujó el moisés para meterlo en el almacén que tenían en la parte trasera y lo tapó con un mantel azul y amarillo.

Luego salió del almacén y miró a su alrededor, para comprobar que no quedaba nada que delatase la presencia de Danny.

Había un sonajero, pero diría que lo había olvidado un cliente. Y, con respecto a los pañales, podría explicar que los tenía allí porque a veces cuidaba al bebé de una amiga. Sí, sonaba creíble.

Utilizó un paño húmedo para limpiar la encimera en la que había estado trabajando su tía y sacó las galletas en espiral del horno, para que no se quemasen. El resto lo dejó como lo había encontrado. Luego volvió a empujar las puertas dobles de la cocina y... se dio de bruces con Marcus.

Capítulo Dos

Marc abrió los brazos para sujetar a Vanessa, que había salido veloz por las puertas de la cocina y había ido a aterrizar a su pecho. No fue un golpe fuerte, pero lo pilló desprevenido. Cuando la tuvo agarrada, con su cuerpo pegado al de él, no quiso dejarla marchar.

Estaba más rellena de lo que él recordaba, pero seguía oliendo a fresas y a nata, así que debía de seguir utilizando su champú favorito. Y a pesar de haberse cortado el pelo a la altura de los hombros, seguía teniendo los mismos rizos de color cobrizo suaves como la seda.

Estuvo a punto de levantar la mano para tocárselos, con los ojos clavados en los de ella, azules como zafiros, pero se contuvo. La soltó e inmediatamente echó de menos su calor.

–Te he dicho que esperases fuera –comentó ella, humedeciéndose los labios con la punta de la lengua. Y pasándose la mano por la ajustada camisa.

Marc pensó que, tratándose de su exmujer, no debería fijarse en esas cosas. Aunque, al fin y al cabo, estaba divorciado, no muerto.

–Has tardado mucho. Además, es un establecimiento público. El cartel de la puerta dice que está

18

abierto. Así que, si tanto te molesto, considérame un cliente.

Marc se metió una mano en el bolsillo y sacó un par de billetes pequeños.

–Quiero un café solo y algo dulce. Lo que tú elijas.

Ella frunció el ceño y lo miró con desdén.

–Te he dicho que no quería tu dinero –le advirtió.

–Como quieras –respondió él, metiéndose el dinero otra vez en el bolsillo–. ¿Por qué no me enseñas la panadería? Que me haga a la idea de lo que haces aquí, de cómo empezaste y cómo están tus cuentas.

Vanessa resopló.

–¿Dónde está Brian? –le preguntó, mirando hacia la puerta del establecimiento.

–Le he dicho que vuelva a su despacho –respondió Marc–. Dado que ya conoce tu negocio, no creo que necesite estar aquí. Pasaré a verlo, o lo llamaré, cuando hayamos terminado.

Vanessa frunció el ceño otra vez y lo miró, aunque no a los ojos.

–¿Qué pasa? –le preguntó él en tono de broma–. ¿Te da miedo estar a solas conmigo, Nessa?

Ella frunció el ceño todavía más.

–Por supuesto que no –replicó, cruzándose de brazos, lo que hizo que se le marcase el pecho todavía más–, pero no te emociones, porque no vamos a estar solos. Nunca.

Y Marc, por mucho que lo intentó, no pudo evitar sonreír. Se había olvidado del carácter que tenía su mujer, y lo había echado de menos.

Si por el fuese, estarían a solas muy pronto, pero no se molestó en decírselo, ya que no quería verla explotar delante de sus clientes.

–¿Por dónde quieres que empecemos? –le preguntó Vanessa con resignación.

–Por donde tú prefieras –respondió él.

No tardó mucho en enseñarle la parte delantera de la panadería, que era pequeña, pero le explicó a cuántos clientes servían allí y cuántos se llevaban cosas para consumirlas fuera de la panadería. Y cuando él le preguntó qué había en cada vitrina, Vanessa le describió cada uno de los productos que trabajaban.

A pesar de estar incómoda con él allí, Marc nunca la había visto hablar de algo con tanta pasión. Durante su matrimonio, había sido apasionada con él, en lo que respectaba a la intimidad, pero fuera del dormitorio, había estado mucho más contenida. Se había dedicado a pasar tiempo en el club de campo con su madre, o trabajando en alguna obra social, también con la madre de Marc.

Se habían conocido en la universidad y Marc tenía que admitir que él había sido el motivo por el que Vanessa no se había graduado. Había tenido demasiada prisa por casarse con ella, por que fuese suya en cuerpo y alma.

Marc siempre había esperado que volviese a estudiar algún día, y la habría apoyado, pero Vanessa se había conformado con ser su mujer, estar guapa y ayudar a recaudar fondos para causas importantes.

En esos momentos, Marc se preguntó si era eso lo que ella había querido, o si había tenido otras aspiraciones.

Porque nunca la había oído hablar con tanto entusiasmo de las obras benéficas.

También se preguntó si conocía de verdad a su exmujer, porque nunca había sabido que fuese tan buena cocinera. No obstante, después de haber probado un par de sus creaciones, decidió que aquel negocio podía tener éxito, que podía ser incluso una mina de oro.

Terminó el último trozo de magdalena de plátano que Vanessa le había dado a probar y se chupó los dedos.

—Delicioso —admitió—. ¿Por qué nunca preparabas cosas así cuando estábamos casados?

—Porque a tu madre no le habría gustado verme en la cocina —replicó ella en tono tenso—. Tal vez la casa pertenezca a la familia Keller, pero tu madre la dirige como si fuese una dictadura.

Marc pensó que tenía razón. Eleanor Keller era una mujer rígida, que había crecido entre lujos y estaba acostumbrada a tener servicio. Era cierto que no le hubiese gustado que su nuera hiciese algo tan mundano como cocinar, por mucho talento que tuviese.

—Pues tenías que haberlo hecho de todos modos —le dijo Marc.

Por un minuto, Vanessa guardó silencio y apretó los labios. Luego murmuró:

—Tal vez.

Se dio la media vuelta y se alejó del mostrador. Empujó unas puertas dobles amarillas y entró en la cocina, donde hacía más calor y olía todavía mejor.

Le explicó a Marc para qué servía cada cosa y cómo se dividían el trabajo entre su tía y ella. Se puso un guante de cocina en una mano y empezó a sacar galletas y pasteles y a dejarlos encima de una isla que había en el centro de la habitación.

—Muchas son recetas de tía Helen —le confesó—. Siempre le encantó la cocina, pero nunca había pensado dedicarse a ello. Yo no podía creer que no utilizase su talento para ganarse la vida, porque todo lo que hace está sumamente delicioso. A mí también se me da bien la cocina, he debido de heredarlo de ella —añadió, sonriendo de medio lado—. Así que, después de pensarlo, decidimos intentarlo juntas.

Marc apoyó las manos en la isla y observó cómo trabajaba Vanessa, con movimientos graciosos y suaves, pero rápidos al mismo tiempo, como si hubiese hecho aquello cientos de veces antes, y pudiese repetirlo incluso con los ojos cerrados.

Él no quería cerrarlos, estaba disfrutando mucho, y volvía a estar sorprendido de lo mucho que la había echado de menos.

El divorcio había sido muy rápido. Vanessa le había anunciado de repente que no podía seguir viviendo así y que quería divorciarse. Y, en un par de meses, todo había terminado.

Marc pensó que tenía que haber luchado más por su matrimonio. Al menos, tenía que haberle preguntado a Vanessa por qué quería dejarlo, qué era lo que necesitaba que él no le estaba dando.

Pero por entonces había estado muy ocupado con la empresa y con las exigencias de su familia, y había dejado que su orgullo decidiese que no quería estar casado con una mujer que no deseaba estar casada con él. Además, una parte de él había pensado que Vanessa estaba exagerando, que lo estaba amenazando con el divorcio porque no le había prestado toda la atención que hubiese debido.

Pero para cuando él había querido darse cuenta, ya había sido demasiado tarde.

–Blake me ha enseñado parte de las cuentas –le dijo–. Parece que os va bastante bien.

Ella asintió, sin molestarse en mirarlo.

–Nos va bien, pero podría ir mejor. Tenemos muchos gastos y algunos meses sólo nos da para pagar el alquiler del local, pero estamos aguantando.

–Entonces, ¿por qué buscas un inversor?

Ella terminó lo que estaba haciendo y dejó la espátula y el guante de cocina y lo miró.

–Porque tengo una idea para ampliar –le dijo muy despacio, escogiendo sus palabras con cuidado–. Es una buena idea. Y creo que nos irá bien, pero tendremos que hacer obras y vamos a necesitar más dinero del que disponemos.

–¿Y cuál es la idea?

Ella se humedeció los labios con la lengua.

–Pedidos por correo. Con envíos una vez al mes para los socios y un catálogo con nuestros productos.

A Marc le pareció buena idea, teniendo en cuenta la calidad de los productos, hasta a él le gustaría tener una de sus cajas de galletas en casa una vez al mes.

Pero no se lo dijo a Vanessa. No iba a decírselo hasta que no decidiese si iba a invertir o no.

–Enséñame dónde haríais las obras –le pidió–. Supongo que tenéis algún almacén, ¿o estáis pensando en alquilar algún local contiguo?

Ella asintió.

–El local de al lado.

Vanessa comprobó lo que quedaba en el horno y salió de la cocina, con Marc a sus espaldas. Pasaron por una estrecha escalera y apartada de la parte delantera de la tienda.

–¿Adónde lleva? –le preguntó él.

Y le pareció que Vanessa abría mucho los ojos y se quedaba pálida.

–A ninguna parte –le respondió primero, y luego añadió–: a un pequeño apartamento. Lo utilizamos como almacén y para que tía Helen se eche la siesta durante el día. Se cansa mucho.

Marc arqueó una ceja. O había envejecido mucho en los últimos meses, o no podía creer que su tía Helen necesitase echarse la siesta.

Siguió a Vanessa hasta la calle y al local que había al lado, que estaba vacío. A través del escaparate,

Marc se dio cuenta de que era la mitad que el local de La Cabaña de Azúcar y que estaba completamente vacío, lo que significaba que tampoco habría que hacer mucha obra.

Mientas él continuaba mirando por el escaparate, Vanessa retrocedió y se quedó en medio de la acera.

–¿Qué te parece? –le preguntó.

Él se giró y vio cómo el sol de la tarde brillaba en su pelo. Sintió deseo, se le hizo un nudo en la garganta y notó cómo se ponía duro entre las piernas.

Tenía la sensación de que iba a hacerle falta mucho más que un divorcio para evitar que su cuerpo respondiese a ella como lo hacía. Tal vez algo como caer en coma.

Contuvo las ganas de dar un paso al frente y enterrar los dedos en su melena rizada, o de hacer algo igual de estúpido, como besarla hasta conseguir que le temblasen las rodillas y no pudiese controlarse, y le dijo:

–Creo que te ha ido muy bien sola.

Ella pareció sorprenderse con su comentario.

–Gracias.

–Necesitaré algo de tiempo para echarle un vistazo a los libros y hablar con Brian, pero si no te opones del todo a trabajar conmigo, es probable que esté interesado en invertir.

Si esperaba que Vanessa se lanzase a sus brazos, presa de la alegría, iba a llevarse una buena decepción. La vio asentir en silencio.

Y Marc se dio cuenta de que no tenía ningún motivo para seguir allí.

–Bueno –murmuró, metiéndose las manos en los bolsillos y dándose la vuelta–. Supongo que ya está. Gracias por la visita, y por la degustación.

Se maldijo, se sentía como un adolescente en la primera cita.

–Seguiremos en contacto –añadió.

Vanessa se metió un mechón de pelo detrás de la oreja e inclinó la cabeza.

–Preferiría que me llamase Brian, si no te importa.

Claro que le importaba, pero apretó la mandíbula para no confesarlo. No obstante, entendía que Vanessa no quisiera hablar con él. Sospechaba que, por mucho dinero que ofreciese invertir en su empresa, era posible que Vanessa lo rechazase por principio.

Vanessa se quedó en la acera, delante de La Cabaña de Azúcar, viendo cómo Marc se alejaba en dirección a las oficinas de Blake and Fetzer. No respiró hasta que no lo perdió de vista.

Entonces, en cuanto le cesó la presión del pecho y su corazón empezó a latir con normalidad, se giró y volvió a la panadería. Subió las escaleras que daban al apartamento que había en el primer piso. A medio camino, oyó la música favorita de su tía, de los años 40, y a Danny protestando.

Empezó a subir las escaleras de dos en dos y entró corriendo. Su tía estaba paseando de un lado a otro, intentando calmar al niño.

–Pobrecito –dijo Vanessa, tomando a su hijo en brazos.

–Gracias a Dios que estás aquí –comentó Helen aliviada–. Iba a darle un biberón, pero he esperado un poco porque sé que prefieres darle tú el pecho.

–Es cierto –le respondió Vanessa, acunando a Danny mientras iba a sentarse desabrochándose la blusa–. Muchas gracias.

–¿Cómo ha ido? ¿Se ha marchado ya Marcus? –le preguntó su tía.

–Sí, se ha marchado –murmuró ella.

Y se dio cuenta de que no estaba tan contenta como debiera. Había pensado que Marc había salido de su vida para siempre, pero volver a verlo no había sido tan desagradable como había imaginado.

Le había bastado con ver sus ojos verdes para que le temblase todo el cuerpo.

Y enseñarle la panadería no había sido tan horrible. De hecho, si no hubiese sido por el secreto que escondía en el primer piso, tal vez hasta le hubiese invitado a una taza de café.

Lo que, en realidad, no era buena idea, así que tanto mejor que se hubiese marchado.

Tenía a Danny pegado contra el pecho, tranquilo después de haber empezado a comer, cuando Vanessa oyó pasos en las escaleras. Teniendo en cuenta que las dos únicas personas que sabían de la existencia del apartamento ya estaban en él, sospecho que iba a llevarse una desagradable sorpresa.

No le dio tiempo a levantarse y esconder al bebé, ni a gritarle a su tía que se pusiese en la puerta. De repente, vio a su exmarido, sorprendido y furioso, en la puerta.

Capítulo Tres

Marc no supo si sorprenderse o enfurecerse. Tal vez lo que sentía era una mezcla de ambas cosas.

En primer lugar, Vanessa le había mentido. El espacio que había encima de la panadería no era un almacén, ni el lugar donde descansaba su octogenaria tía, sino un apartamento en toda regla, con una mesa, sillas, un sofá, una televisión… una cuna en un rincón y una manta amarilla llena de juguetes en medio del suelo.

En segundo lugar, Vanessa tenía un hijo. No estaba cuidando el de una amiga; ni lo había adoptado después de su separación. Aunque no lo hubiese estado amamantando cuando él había entrado, habría sabido que era suyo por el protector brillo de sus ojos y la expresión asustada de su rostro.

Y, para terminar, aquél niño era suyo. Estaba seguro. Podía sentirlo. Vanessa no habría intentado ocultarle que era madre si no hubiese sido suyo.

Además, sabía sumar dos más dos. Vanessa tenía que haberse quedado embarazada antes de su divorcio, o haberlo engañado con otro hombre. Y a pesar de las diferencias que los habían separado, la infidelidad nunca había sido una de ellas.

–¿Me quieres explicar qué está pasando aquí?

–inquirió Marc, metiéndose las manos en los bolsillos de los pantalones.

Lo hizo para evitar estrangular a alguien, en concreto, a ella.

Por el rabillo del ojo vio moverse una sombra y tía Helen apareció con una manta para tapar el pecho desnudo de Vanessa y la cabeza del bebé.

–Estaré abajo –murmuró Helen a su sobrina antes de fulminar a Marc con la mirada–. Grita si me necesitas.

Marc no supo qué era lo que disgustaba tanto a tía Helen, cuando allí la única víctima era él. A él le habían ocultado que era padre. No sabía cuánto tiempo tendría el bebé, pero teniendo en cuenta el tiempo que llevaban divorciados y el que duraba un embarazo, debía de tener entre cuatro y seis meses.

La tía Helen y Vanessa eran las malas de aquella película. Le habían mentido. Le habían ocultado aquello durante todo un año.

Marc miró por encima de su hombro para comprobar que se habían quedado solos y dio otro amenazador paso al frente.

–¿Y bien?

Vanessa no respondió inmediatamente, se tomó el tiempo de colocar la manta para que le tapase el pecho, pero no el rostro del bebé. Luego suspiró y levantó el rostro para mirarlo a los ojos.

–¿Qué quieres que te diga? –le preguntó en voz baja.

Marc apretó los dientes y cerró los puños con fuerza.

—Estaría bien que me dieses una explicación.

—Por entonces no lo sabía, pero me quedé embarazada antes de que firmásemos el divorcio. Nuestra relación no era precisamente cordial, así que no supe cómo decírtelo y, si te soy sincera, no pensé que te importase.

Aquello enfureció a Marc.

—¿No pensaste que me importaría mi hijo? —rugió—. ¿Que iba a ser padre?

¿Qué clase de hombre creía que era? ¿Y si tan malo pensaba que era, por qué se había casado con él?

—¿Cómo sabes que es tuyo? —le preguntó Vanessa en voz baja.

Marc rió con amargura.

—Buen intento, Vanessa, pero te conozco demasiado bien. No habrías roto los votos del matrimonio por tener una sórdida aventura. Y si hubieses conocido a alguien que te interesase de verdad mientras estábamos casados…

Marc se quedó callado de repente.

—¿Es por eso por lo que me pediste el divorcio? —le preguntó—. ¿Porque habías conocido a otro?

Sabía que Vanessa jamás le habría sido físicamente infiel, pero, emocionalmente, era otro tema.

Marc había trabajado y viajado mucho durante su matrimonio y Vanessa se había quejado de que se sentía sola y de que la trataban como a una extraña en su propia casa, cosa que él podía entender, dado el carácter frío de su madre y que nunca le había importado la mujer con la que él se había casado. ¿Acaso no se lo había dejado claro desde que había llevado a Vanessa a casa y le había anunciado su compromiso?

No obstante, en esos momentos sabía que, a pesar de haber oído las quejas de Vanessa, no las había escuchado. Se había desentendido de su infelicidad y se había dejado consumir por el trabajo, diciéndose que era sólo una fase, y que Vanessa la superaría. Hasta recordaba haberle sugerido que se buscase algún pasatiempo con el que distraerse.

No era de extrañar que lo hubiese dejado, después de que el hombre que se suponía que debía amarla y mimarla más que nadie en el mundo, la hubiese tratado así. Marc fue consciente de que lo había hecho muy mal.

Y eso significaba que, si Vanessa había conocido a otro, no podía culparla, ya que sólo había intentado ser más feliz de lo que lo era con él.

La idea de que otro hombre la hubiese acariciado hizo que a Marc se le nublase la vista, pero seguía sin poder culparla.

–¿Es eso? –volvió a preguntar.

De repente, necesitaba saberlo, aunque ya diese igual.

–No –respondió Vanessa en voz baja–. No hubo nadie más, al menos, en mi caso.

Él arqueó una ceja.

–¿Qué significa eso? ¿Piensas que yo te fui infiel?

–No lo sé, Marc. Dímelo tú. Eso explicaría que pasases tanto tiempo supuestamente trabajando.

–Acababa de asumir el mando de la empresa,

Vanessa. Había muchas cosas que requerían mi atención.

—Y, al parecer, yo no era una de ellas —murmuró Vanessa en tono amargo.

Marc los ojos, se le estaba empezando a formar un fuerte dolor de cabeza. No era la primera vez que la veía tan frustrada y descontenta.

—¿Vamos a empezar otra vez con eso? —inquirió.

—No —respondió ella enseguida—. Es lo bueno de estar divorciados, que no tenemos que hacerlo.

—¿Por eso me ocultaste que estabas embarazada? ¿Porque no te presté la suficiente atención?

Vanessa frunció el ceño. El bebé seguía mamando de su pecho, a juzgar por los sonidos, porque Marc no podía verle la boca.

—No seas tan obtuso —replicó ella—. No te ocultaría algo así sólo porque estuviese enfadada contigo. No sé si recuerdas que no nos separamos precisamente de manera amistosa, y que fuiste tú quien se negó a hablar conmigo.

—Pues tenías que haber insistido.

Ella lo fulminó con sus ojos azules.

—Lo mismo podría decir yo de ti.

Marc suspiró. Sabía que no iba a conseguir nada discutiendo con Vanessa.

Así que intentó calmarse y ser diplomático.

—Supongo que en eso podemos estar o no de acuerdo, pero, en cualquier caso, creo que me merezco algunas respuestas, ¿no?

La vio darle vueltas al tema, preguntarse por dónde empezar y qué contarle.

–De acuerdo –dijo por fin, aunque no parecía contenta con la idea.

Mientras él sopesaba sus opciones, la vio cambiar al niño de postura y abrocharse la blusa.

El bebé estaba profundamente dormido. Y Marc supo de repente qué era lo primero que necesitaba saber.

–¿Es niño o niña? –preguntó, con un nudo de emoción en la garganta.

–Niño. Se llama Danny.

Danny. Daniel.

Su hijo.

A Marc le costó respirar y se alegró ver que Vanessa se levantaba del sofá y se giró para dejar la manta en el respaldo de éste, porque así no pudo ver cómo se le humedecían los ojos.

«Soy padre», pensó, mientras intentaba tomar aire y recuperar el equilibrio.

Habían hablado de tener hijos nada más casarse. Él había esperado que ocurriese pronto, se había sentido preparado. No obstante, como el bebé no había llegado el primer año, ni el segundo, la idea había ido apagándose poco a poco en su mente.

Y no había pasado nada. Él se había sentido decepcionado, y probablemente Vanessa también, pero habían seguido siendo felices juntos, optimistas acerca de su futuro. Marc estaba seguro de que si no habían conseguido tener un hijo del modo divertido, tradicional, más adelante habrían hablado de adoptar, hacerse una fecundación in vitro o acoger un niño.

Al parecer, nada de eso había hecho falta. No, Vanessa ya había estado embarazada antes de firmar los papeles del divorcio.

–¿Cuándo te enteraste? –le preguntó, siguiendo sus movimientos con la mirada.

Vanessa tenía al bebé apoyado en el hombro y le daba golpecitos en la espalda mientras se balanceaba suavemente.

–Más o menos un mes después de firmar el divorcio.

–Por eso te fuiste –dijo él en voz baja–. Pensé que te quedarías en Pittsburgh después de la ruptura. Luego me enteré de que te habías marchado, pero no supe adónde.

Aunque en realidad tampoco había intentado averiguarlo, aunque sí que había mantenido los oídos abiertos, por si se enteraba de algo.

Ella se encogió de hombros.

–Tenía que hacer algo. No había nada que me atase a Pittsburgh y pronto iba a tener un hijo al que mantener.

–Habrías podido acudir a mí –le dijo él, intentando contener la ira y la decepción–. Habría cuidado de ti y de mi hijo, y tú lo sabes.

Vanessa se quedó mirándolo un segundo, pero con la mirada en blanco.

–No quería que tú te ocupases de nosotros. No por pena ni por responsabilidad. Estábamos divorciados. Ya nos habíamos dicho todo lo que nos teníamos que decir y cada uno había seguido su camino. No iba a ponernos a ambos en una situación en la que no queríamos estar sólo porque me hubiese quedado embarazada en tan mal momento.

–Así que viniste aquí.

Vanessa asintió.

–Mi tía Helen llevaba ya un par de años viviendo aquí. Se había mudado con su hermana cuando tía Clara había enfermado. Después de su muerte, Helen me dijo que la casa era demasiado grande para ella sola y que le vendría bien tener compañía. Cuando llegué, intentó solucionar, o al menos aliviar mis problemas dándome de comer. Y un día se me ocurrió la brillante idea de abrir una panadería juntas. Sus recetas son increíbles y a mí siempre se me había dado bien la cocina.

–Bien hecho –le dijo Marc.

Con toda sinceridad. Le dolió no haber sabido nunca que Vanessa tenía la habilidad de cocinar, y que había preferido mudarse con su tía antes de acudir a él al darse cuenta de que estaba embarazada.

Él tenía medios más que suficientes para mantenerla a ella y a su hijo. Aunque no se hubiesen reconciliado, le habría puesto un apartamento en algún lugar donde pudiese ir a verlos y pasar así el máximo tiempo posible con el niño.

Pero eso Vanessa ya lo sabía, así que si había decidido marcharse y mantenerse sola, había sido porque había querido. Jamás la había impresionado su dinero.

Nada más casarse, no había querido ir a vivir a la enorme mansión de su familia, y Marc se preguntó en esos momentos qué habría ocurrido si le hubiese hecho caso.

Vanessa dejó de dar golpecitos al bebé en la espalda y Marc le preguntó:

—¿Puedo tomarlo en brazos?

Ella miró al niño, que dormía en sus brazos, con indecisión.

—Si no va a despertarse —añadió Marc.

Vanessa levantó la cabeza y lo miró a los ojos. Lo que la hacía dudar no era el miedo a que el bebé se despertase, sino a que Marc se acercase a su hijo, o a tener que compartirlo, ya que hasta entonces había sido sólo suyo.

Luego suspiró.

—Por supuesto —le dijo, acercándose a darle el bebé.

El último niño al que Marc había tenido en brazos había sido su sobrina, que ya había cumplido tres años, pero por adorables que fuesen los hijos de su hermano, por mucho que los quisiera, tenerlos en brazos no había sido comparable a tener a su propio hijo pegado al pecho.

Era tan pequeño, tan guapo, transmitía tanta paz dormido.

Intentó imaginárselo recién nacido, nada más salir del hospital… pero no pudo, porque no había estado allí para verlo.

Frunció el ceño y supo que no podría marcharse de Summerville sin su hijo, sin haber pasado más tiempo con él y sin enterarse de todos los detalles que se había perdido desde el nacimiento del niño.

–Creo que tenemos un pequeño problema –le dijo a Vanessa–. He estado al margen de esto y tengo que recuperar el tiempo perdido, así que voy a darte dos opciones.

Antes de que a Vanessa le diese tiempo a interrumpirlo, continuó:

–O preparas la maleta y Danny y tú venís a Pittsburgh conmigo, o me das una excusa para que me quede yo aquí. En cualquier caso, voy a estar con mi hijo.

Capítulo Cuatro

Vanessa deseó arrebatarle a Danny y salir corriendo. Encontrar un lugar en el que esconderse con su bebé hasta que Marc perdiese el interés por él y se marchase por donde había llegado.

Pero conocía bien a su marido y sabía que no iba a marcharse y dejar a su hijo allí.

Así que supo que tenía que enfrentarse a la realidad. De todos modos, había estado preparada para contarle a Marc que estaba embarazada cuando lo había averiguado, y sus valores morales seguían siendo los mismos que entonces.

No obstante, eso no significaba que estuviese preparada para hacer las maletas e ir con él a Pittsburgh. Su vida estaba allí. Tenía a su familia, a sus amigos y un negocio.

La idea de que Marc se quedase en Summerville hizo que se le acelerase el corazón, sintió pánico.

Estaba entre la espada y la pared.

–No puedo volver a Pittsburgh –espetó, fingiendo que no la desgarraba por dentro verlo con su hijo en brazos.

–Bien, en ese caso, me quedaré yo aquí.

Vanessa notó cómo el pánico crecía en su interior.

–Pero no puedes quedarte para siempre –le dijo–. ¿Y la empresa? ¿Y tu familia?

¿Y mi salud mental?

–No lo haré –le respondió él.

Luego le devolvió a Danny muy a su pesar, con cuidado para que no se despertase, y se sacó un teléfono móvil del bolsillo.

–Pero si piensas que la empresa, o mi familia, son más importantes que mi hijo, es que estás loca. Puedo tomarme un par de semanas. Sólo tengo que decirle a todo el mundo dónde estoy.

Y, dicho aquello, se dio la media vuelta y fue hacia las escaleras mientras marcaba un número en el teléfono.

Vanessa se balanceó y miró a su hijo. Notó cómo las lágrimas le inundaban los ojos.

–Oh, hijo mío –susurró, dándole un beso en la frente–. Estamos metidos en un buen lío.

Para Vanessa, la «mudanza» de Marc a Summerville fue como cuando se habían conocido.

Ella había trabajado sirviendo mesas en una cafetería cerca de la universidad mientras estudiaba. A él le había pagado la carrera su padre y se había pasado todo el tiempo libre jugando al fútbol y asistiendo a fiestas en las residencias universitarias.

Una noche, Marc había entrado en la cafetería con un grupo de amigos. Vanessa se había fijado en él, y en todos, pero no le había dado más vueltas al tema. Era un grupo de clientes más, de los que entraban y salían de la cafetería sin ninguna preocu-pación, mientras ella se dejaba la piel trabajando para poder seguir estudiando.

Pero Marc había vuelto. Unas veces con amigos, otras, solo.

Le había sonreído. Le había dejado generosas propinas y había charlado de cosas sin importancia con ella. Y Vanessa no se había dado cuenta hasta mucho después que le había ido contando su vida por capítulos en cuestión de un par de semanas.

Por fin, le había pedido que saliese con él y ella ya había estado demasiado enamorada como para rechazarlo.

En esos momentos tenía las mismas sensaciones que entonces: sorpresa, confusión, emoción… Marc era como una catástrofe natural: un tornado, un terremoto, un *tsunami* que ponía toda su vida patas arriba.

En una hora, había hablado con todo el mundo con quien tenía que hablar y había dejado claro que estaría en Summerville hasta nueva orden.

Hasta donde Vanessa sabía, no le había contado a nadie el motivo. Lo había oído hablar con su her-mano y decirle que el negocio en el que había pen-sado invertir le había parecido prometedor y que tenía que quedarse para estudiar mejor el negocio.

Tal vez fuese lo más inteligente. Sin duda, si Ele-anor Keller se enteraba de que su querido hijo te-nía un bebé con su malvada exmujer, se volvería loca y se pondría inmediatamente a conspirar para conseguir que Marc y Danny estuviesen con ella.

–Ya está.

Marc empujó la puerta batiente de la cocina, donde tía Helen y ella estaban trabajando, se metió el teléfono móvil en el bolsillo y luego se quitó la chaqueta del traje.

–Así tendré un par de semanas de libertad antes de que envíen a un equipo de rescate a buscarme.

Tía Helen estaba embadurnada de harina hasta los codos, pero el brillo de sus ojos y la fuerza con la que trabajaba la masa que tenía entre las manos bastaron para dejar claro lo que pensaba de que Marc fuese a quedarse allí.

No le hacía ninguna gracia, pero tal y como Vanessa le había dicho mientras Marc hacía las llamadas, no tenían elección. O Marc se quedaba allí unos días, o intentaría llevárselos a Danny y a ella de vuelta a Pittsburgh.

Había una tercera posibilidad: que Marc se marchase solo a Pittsburgh, pero sabía que si la planteaba sólo conseguiría iniciar una discusión. Si se negaba a permitir que Marc pasase tiempo con su hijo, fuese donde fuese, lo único que conseguiría sería enfadarlo y provocar que utilizase su poder y el dinero de su familia.

¿Y qué significaba eso? Una dura batalla por la custodia del niño.

Ella era una buena madre y sabía que Marc no podría quitarle a su hijo esgrimiendo lo contrario, pero tampoco quería engañarse, sabía lo influyente que era la familia Keller. Y Eleanor era capaz de cualquier cosa.

Así que tenía que intentar evitar un enfrentamiento por la custodia y hacer lo posible porque Marc estuviese contento y Danny, con ella.

Aunque eso significase permitir que su ex volviese a entrar en su vida, en su negocio y, posiblemente, hasta en su casa.

Se limpió las manos con un paño y le preguntó:

—¿Y tus cosas? ¿No necesitas ir a casa a por ellas?

Marc se encogió de hombros.

—Me van a mandar algo de ropa. Y seguro que todo lo demás puedo comprarlo aquí.

Colgó la chaqueta en una percha al lado de la puerta, donde tía Helen y ella dejaban los delantales cuando no los estaban utilizando, luego fue hasta el moisés que había vuelto a sacar de la despensa. Danny dormía dentro.

—Lo único que queda por decidir —comentó Marc, mirando a su hijo y alargando la mano para acariciarle la mejilla con un dedo—, es dónde voy a alojarme.

Vanessa abrió la boca, a pesar de no saber lo que iba a decir, pero Helen la interrumpió.

—Es evidente que no vas a quedarte en mi casa —anunció directamente.

La clara antipatía de su tía hacia Marc hizo que Vanessa se sintiese culpable y que desease disculparse, pero en el fondo agradeció que Helen hubiese dicho lo que ella no era capaz de expresar.

—Gracias por la invitación —respondió Marc divertido, haciendo una mueca—, pero no podría abusar de su amabilidad.

Era típico de él, tomarse aquella grosería de Helen con tanta calma. Aquéllas eran cosas que nunca lo habían perturbado, sobre todo, porque Marc sabía quién era, de dónde venía y qué podía hacer.

Además, tía Helen siempre lo había odiado. Y eso, en parte, era culpa de Vanessa, que se había presentado en casa de su tía dolida, enfadada, rota y embarazada de su exmarido.

Después de haberle contado la historia de su complicado matrimonio, el posterior divorcio, el inesperado embarazado y la necesidad de encontrar un lugar donde vivir, en la que Marc había desempañado el papel de malo de la película, la opinión que su tía tenía de él había caído en picado. Desde entonces, el único objetivo de tía Helen había sido no volver a ver sufrir a su sobrina.

Vanessa todavía estaba intentando disculparse cuando Marc dijo:

–Había pensado que me recomendaseis algún hotel agradable.

Vanessa y Helen se miraron.

–Supongo que va a tener que ser el hostal El Puerto –le dijo Helen–. No es nada del otro mundo, pero la otra opción es el motel de Daisy, que está en la carretera.

–Hostal El Puerto –murmuró Marc, frunciendo el ceño–. No sabía que hubiese una extensión de agua tan importante por aquí como para necesitar un puerto.

–No la hay –le contestó Vanessa–. Es una de esas rarezas de los pueblos que nadie puede explicar.

No hay ningún puerto cerca. Ni siquiera un arroyo ni un río que merezcan la pena ser mencionados, pero el Hostal El Puerto es uno de los hoteles más antiguos de Summerville y está todo decorado con faros, gaviotas, redes de pescador, estrellas de mar...

Sacudió la cabeza y tuvo la esperanza de que Marc no pensase mal ni del pueblo ni de sus habitantes. Aunque en algunos aspectos estaba un poco atrasado, en esos momentos era su hogar y sentía la necesidad de protegerlo.

—En cualquier caso, es un sitio divertido —añadió, a modo de explicación.

Marc no parecía muy convencido, pero no dijo nada. En su lugar, se apartó del moisés y empezó a quitarse los gemelos para remangarse la camisa.

—Mientras tenga una habitación y un baño, estará bien. De todos modos, pasaré casi todo el tiempo aquí contigo.

Vanessa abrió mucho los ojos.

—¿Sí?

Él sonrió de medio lado.

—Por supuesto. Aquí es donde está mi hijo. Además, si tu meta es ampliar la panadería y empezar con los pedidos por correo, tenemos mucho de lo que hablar y mucho que hacer.

—Espera un momento —dijo ella, dejando caer la espátula que tenía en la mano en la encimera—. Yo no he accedido a que tengas nada que ver con La Cabaña de Azúcar.

Él le lanzo una encantadora y confiada sonrisa.

–Por eso tenemos tanto de lo que hablar. Ahora, ¿vas a acompañarme al hostal o prefieres indicarme cómo llegar y quedarte aquí con tu tía hablando de mí?

Vanessa prefería quedarse y hablar de él, pero el problema era que Marc lo sabía, así que no tenía elección. Tenía que acompañarlo.

Se desató el delantal y se lo sacó por la cabeza.

–Te llevaré –dijo. Luego se giró hacia su tía–. ¿Podrás arreglártelas sola?

Era una pregunta retórica, porque había muchas ocasiones en las que Vanessa dejaba a Helen a cargo de la panadería mientras ella iba a hacer algún recado o llevaba a Danny al pediatra. No obstante, su tía la miró tan mal que Vanessa estuvo a punto de echarse a reír.

–No tardaré –añadió.

Y luego fue hacia la puerta.

–Sólo tengo que tomar el bolso –le dijo a Marc.

Éste la siguió fuera de la cocina y esperó delante de las escaleras mientras Vanessa subía corriendo a por el bolso y las gafas de sol.

–¿Y el bebé? –le preguntó él cuando hubo regresado.

–Estará bien.

–¿Estás segura de que tu tía puede ocuparse de él y de la panadería al mismo tiempo? –insistió mientras iban hacia la salida.

Vanessa sonrió y saludó a varios clientes al pasar. Una vez fuera, se puso las gafas de sol antes de girarse a mirarlo.

–Que no te oiga la tía Helen preguntar algo así. Podría tirarte una bandeja de horno a la cabeza.

Él no rió. De hecho, no le hacía ninguna gracia. En su lugar, la miró muy preocupado.

–Relájate, Marc. Tía Helen es muy competente. Se ocupa de la panadería sola con frecuencia.

–Pero…

–Y cuida de Danny al mismo tiempo. Ambas lo hacemos. La verdad es que no sé qué haría sin ella –admitió Vanessa.

Ni lo que habría hecho sin ella después de quedarse sin trabajo, sin marido y embarazada.

–¿Vamos en tu coche o en el mío? –preguntó después para intentar evitar que Marc siguiese preocupándose por Danny.

–En el mío –respondió él.

Vanessa anduvo a su lado en dirección a Blake and Fetzer, donde había aparcado el Mercedes. Todavía iba vestida con la falda y la blusa que se había puesto para la desastrosa reunión de esa mañana. En ese momento deseó haberse cambiado y llevar puesto algo más cómodo. Sobre todo, deseó haber sustituido los tacones por unos zapatos planos.

Marc, por su parte, parecía cómodo y seguro de sí mismo con el traje y los zapatos de vestir.

Cuando llegaron al coche, le sujetó la puerta para que Vanessa se sentase en el asiento del copiloto, luego dio la vuelta y se subió detrás del volante. Metió la llave en el contacto y la miró.

–¿Te importaría hacerme un favor antes de que fuésemos al hotel? –le preguntó.

Ella se estremeció y se puso tensa. ¿Acaso no había hecho ya suficiente? ¿No estaba haciendo suficiente al permitir que se quedase allí cuando lo que deseaba era tomar a su hijo y salir corriendo?

Además, no pudo evitar recordar las numerosas veces en las que había estado a solas con él en un coche. Sus primeras citas, en las que habían empañado las ventanillas con su pasión. Y una vez casados, las caricias que habían compartido de camino a algún restaurante.

Estaba segura de que él también se acordaba, lo que hizo que se pusiese todavía más nerviosa.

–¿Cuál? –consiguió preguntarle, conteniendo la respiración para oír la respuesta.

–Enséñame el pueblo. Dame una vuelta corta. No sé cuánto tiempo voy a estar aquí, pero no puedo permitir que me acompañes a todas partes.

Vanessa parpadeó asombrada y expiró. Como se le había quedado la boca seca, al principio sólo pudo humedecerse los labios con la lengua y asentir.

–¿Hacia dónde voy? –le preguntó Marc.

Ella tardó un momento en pensar por dónde empezar, y qué enseñarle, aunque Summerville era tan pequeño que decidió enseñárselo todo.

–Hacia la izquierda –le dijo–. Recorreremos Main Street, luego te enseñaré las afueras. Llegaremos al hostal El Puerto sin tener que retroceder mucho.

Marc reconoció casi todos los negocios solo: la cafetería, la farmacia, la floristería, la oficina postal.

Un poco alejados del centro había dos restaurantes de comida rápida, gasolineras y una lavandería. Entre ellos, varias casas, granjas y parcelas con árboles.

Vanessa le contó un poco de lo que sabía sobre los vecinos.

Le habló, por ejemplo, de Polly, dueña del Ramillete de Polly, que todas las mañanas repartía de manera gratuita una flor para cada negocio de Main Street. A Vanessa le había dado un jarrón que estaba en el centro del mostrador, al lado de la caja registradora, y a pesar de que nunca sabía qué flor le llevaría Polly ese día, tenía que admitir que siempre daba un toque de color a las tiendas.

O de Sharon, la farmacéutica, que la había aconsejado muy bien antes de que diese a luz y hasta le había recomendado al que era el pediatra de Danny.

Vanessa tenía una relación cercana con muchas personas en el pueblo. Cosa que nunca había tenido en Pittsburgh con Marc. En la ciudad, al ir a la frutería, a la farmacia o a la tintorería, se había considerado afortunada con cruzar la mirada con la persona que había detrás del mostrador.

En Summerville era imposible hacer un recado con rapidez. Había que pararse a saludar y a charlar con la gente.

—Y eso es más o menos todo —le dijo a Marc veinte minutos después, señalándose hacia el hostal en el que iba a alojarse—. No hay mucho más que ver.

Él sonrió.

—Creo que se te ha olvidado algo.

Ella frunció el ceño. No le había enseñado la estación de bomberos ni la planta de tratamiento de aguas, que estaban a varios kilómetros del pueblo, porque no había pensado que fuesen a interesarle.

–No me has enseñado dónde vives tú –añadió Marc en voz baja.

–¿De verdad necesitas saberlo? –preguntó ella, sintiendo calor de repente.

–Por supuesto. Necesito saberlo para poder ir a recogerte para invitarte a cenar.

Capítulo Cinco

Vanessa condujo a la casa donde vivía con tía Helen. Era una casa pequeña de dos pisos en Evergreen Lane. No era mucho en comparación con la finca en la que él había crecido, con sirvientes, campos de tenis y un camino bordeado de árboles de casi un kilómetro antes de llegar a la puerta principal.

Helen le había dejado la habitación de invitados y la había ayudado a transformar la habitación de la plancha en una habitación para Danny. Habían utilizado su cocina para hacer pruebas con las recetas de su familia hasta que se habían sentido con fuerza suficiente para abrir la panadería.

A cambio, Vanessa la había ayudado al mantenimiento general de la casa, había plantado plantas en los maceteros del porche y en el camino, y había enseñado a Helen a utilizar el ordenador para comunicarse con sus amigas de la escuela, con las que jamás había pensado que volvería a estar en contacto.

Aunque Vanessa pensaba que nunca podría recompensar a su tía por todo lo que había hecho por ella cuando más lo había necesitado, Helen insistía en que disfrutaba de su compañía y se alegraba de volver a tener tanta juventud y actividad en su casa.

Respiró hondo y se miró en el espejo del cuarto de baño por última vez, aunque no sabía por qué se molestaba. Era cierto que hacía tiempo que no tenía ningún motivo para arreglarse, sobre todo, dos veces en un mismo día.

No pretendía impresionar a Marc esa noche. No, sólo quería apaciguarlo.

Después de haberlo conducido hasta el hostal y haber permitido que la dejase después en La Cabaña de Azúcar, Vanessa había terminado su jornada en la panadería, había cerrado y se había ido a casa con Danny y con su tía. Mientras que Helen se había preparado la cena y había entretenido a Danny, Vanessa había corrido al piso de arriba a cambiarse de ropa y a retocarse el maquillaje.

Le dijo a su reflejo que no se estaba arreglando para Marc. No. Sólo estaba aprovechando la invitación a cenar para parecer una mujer, para variar, en vez de una madre trabajadora.

Ése era el único motivo por el que se había puesto su vestido favorito, rojo y de tirantes, y los pendientes de imitación de rubíes. Iba demasiado arreglada hasta para el mejor restaurante de Summerville, pero le daba igual. Tal vez no tuviese otra oportunidad de volver a ponerse aquel vestido… o de recordarle a Marc lo que se había perdido al dejarla marchar.

Oyó el timbre antes de sentirse preparada para ello y se le aceleró el corazón. Se repasó el pintalabios y se aseguró de que tenía todo lo que iba a necesitar en el pequeño bolso de mano rojo que había encontrado en el fondo del armario.

Estaba bajando las escaleras cuando oyó voces y supo que tía Helen había abierto la puerta. Y no sabía si se lo agradecía o si eso la ponía todavía más nerviosa, todo dependía de la actitud de su tía.

Al llegar abajo vio a Helen delante de la puerta, con una mano apoyada en el pomo. En la otra no llevaba ni pistola ni una sartén, lo que era una buena señal.

Marc estaba al otro lado de la puerta, todavía en el porche. Iba vestido con el mismo traje de un rato antes. Tenía las manos detrás de la espalda y estaba sonriendo a tía Helen con todo el encanto de un vendedor de coches experimentado. Al verla, Marc le dedicó a ella la misma sonrisa.

–Hola –la saludó–. Estás estupenda.

Vanessa resistió el impulso de pasar la mano por la parte delantera del vestido, o de comprobar que no se le había deshecho el moño.

–Gracias.

–Le estaba diciendo a tu tía que tiene una casa preciosa. Al menos, por fuera –añadió, guiñando un ojo.

Era evidente que Helen no lo había invitado a entrar.

–¿Quieres pasar? –le preguntó Vanessa, haciendo caso omiso del ceño fruncido de su tía.

–Sí, gracias –respondió Marc, pasando a la entrada.

Miró a su alrededor y Vanessa se preguntó si estaría comparando aquello con su lujosa residencia y si pensaría que era un lugar inadecuado para que creciese su hijo, pero al mirarlo sólo vio curiosidad en sus ojos.

—¿Dónde está Danny? —preguntó.

—En la cocina —respondió Helen, cerrando la puerta principal y echando a andar en esa dirección—. Estaba dándole la cena.

Marc miró a Vanessa antes de seguir a Helen hacia la parte trasera de la casa.

—Pensaba que todavía le dabas el pecho.

Ella se ruborizó.

—Sí, pero también toma zumos, cereales y otras comidas para bebés.

—Vale —murmuró él al llegar a la cocina—. Aunque cuanto más pecho tome, mejor. Aumenta su inmunidad, le hace sentirse más seguro y ayuda a crear un vínculo entre la madre y el niño.

—¿Y cómo sabes tú todo eso? —le preguntó Vanessa sorprendida.

Danny estaba sentado en una hamaca de Winnie de Pooh, con el rostro y el babero cubiertos de papilla de guisantes y zanahoria, dando patadas y golpes con las manos.

Marc no esperó a que lo invitasen para sentarse en la silla que había enfrente de la de la tía Helen y alargó la mano para acariciar la cabeza de Danny. El niño rió y Marc sonrió.

—Muy al contrario de lo que piensa la gente —murmuró, sin molestarse en mirarla—, no me convertí en el director general de Keller Corporation sólo por nepotismo. Da la casualidad de que tengo bastantes recursos.

–Deja que lo adivine… has sacado el ordenador y has hecho una búsqueda en Internet.

–No te lo voy a decir –respondió él en tono de broma.

Luego se giró hacia la tía Helen y, señalando el puré, le preguntó:

–¿Puedo?

Ella lo miró como diciéndole que no lo creía capaz, pero contestó:

–Por favor.

Marc tomó la minúscula cuchara de plástico con un dibujo animado en el mango y empezó a dar de comer a Danny poco a poco, despacio.

Vanessa lo observó… y deseó. Deseó no haber accedido a cenar con él esa noche. Deseó no haberlo invitado a entrar y que él no hubiese querido ver a Danny antes de marcharse. Deseó que aquella escena no le pareciese tan hogareña, tan agridulce, que no le hiciese pensar en lo que podía haber sido.

Marc estaba demasiado cómodo dando de comer a su hijo, aunque fuese vestido con traje de chaqueta. Y se le estaba dando demasiado bien, cosa que Vanessa no habría esperado de un hombre que casi no había interactuado con niños.

Cuando Danny se negó a comer más, Marc dejó la cuchara y se frotó las manos.

–Me gustaría tomarlo en brazos un momento –dijo, mirando a su hijo y luego su traje–, pero…

–No, no es buena idea –dijo Vanessa, tomando un paño húmedo para limpiarle la boca y la barbilla a su hijo–. Tía Helen irá a cambiarlo y a asearlo y tal vez puedas tenerlo un rato a la vuelta, si todavía está despierto.

A Marc no pareció gustarle mucho la idea, pero dado que la alternativa era estropear un traje muy caro, no dijo nada.

–¿Nos vamos? –le preguntó ella al ver que se ponía en pie.

Marc asintió a regañadientes y la siguió hacia la puerta. Tenía el coche aparcado delante de la casa y la ayudó a entrar.

–¿Qué haces cuando se mancha tanto? –le preguntó una vez que ambos estuvieron dentro.

Ella se giró a mirarlo.

–¿Qué quieres decir?

–¿Cómo haces para no tomar en brazos a tu hijo?

Aquello sorprendió a Vanessa. No las palabras, sino el tono, que parecía de culpabilidad. ¿Era posible que Marc se sintiese culpable?

–Marc –le dijo ella, sacudiendo la cabeza e intentando no sonreír–. Sé que todo esto es nuevo para ti. Sé que descubrir la existencia de Danny ha sido una sorpresa, pero no tienes por qué sentirte culpable. Es un bebé. Siempre y cuando todas sus necesidades estén cubiertas, le da igual quién le dé de comer, quién lo tenga en brazos, quién le cambie el pañal.

Marc frunció el ceño todavía más.

–Eso no es verdad. Los niños diferencian a sus padres de una niñera, diferencian a su padre de su madre.

—De acuerdo, pero no te preocupes, que también hay muchas veces que yo no lo tomo en brazos para que no me manche. O, lo que es peor, para que no me regurgite encima.

Sin pensarlo, Vanessa alargó la mano y le dio una palmadita en el muslo.

—Si vas a estar unos días aquí para pasar tiempo con él, cómprate varios vaqueros y camisetas baratas, y ve haciéndote a la idea de que se te van a manchar con frecuencia. Pero no te preocupes por lo de esta noche, yo tampoco lo he tomado en brazos esta mañana antes de ir a la reunión. Por eso es una suerte tener a tía Helen. Yo no puedo hacerlo todo sola y ella me ayuda mucho.

Marc le agarró la mano para que no la apartase.

—Debería ser yo quien estuviese ayudándote con Danny, no tu tía, pero no te preocupes, que vamos a hablar de eso en la cena, entre otras cosas.

Vanessa disfrutó de la cena. Marc la llevó al restaurante del hostal e intentó inflarla a vino y a buñuelos de cangrejo. Dado que todavía le daba el pecho a Danny, no podía tomar vino, pero los buñuelos de cangrejo estaban deliciosos.

No obstante, en cuanto la camarera llegó con los cafés y hubieron decidido el postre, Vanessa supo que su tiempo de gracia se había terminado. Marc agarró la taza de cerámica con ambas manos y se inclinó hacia delante, haciendo que ella se pusiese tensa.

–¿Cómo fue el embarazo? –le preguntó, yendo directo al grano, como de costumbre.

–Creo que fue bastante normal –le contestó–. Teniendo en cuenta que era la primera vez que estaba embarazada y que no sabía qué era lo que debía esperar, pero no hubo complicaciones y las náuseas matutinas no fueron demasiado fuertes. A veces las náuseas se tienen también en otros momentos del día y eso hizo que abrir la panadería y trabajar doce horas al día fuese toda una aventura –añadió riendo–. Aunque no tan horrible como esperaba.

Después, Marc quiso conocer todos los detalles del nacimiento de Danny. La fecha, la hora, cuánto había pesado, cuánto tiempo había durado el parto. Y Vanessa pensó que, si ella hubiese estado en su lugar, también habría estado desesperada por saber y memorizar todos aquellos datos.

–Tenía que haber estado allí –comentó Marc en voz baja, con la vista clavada en la mesa. Luego la miró–. Me merecía haber estado allí. Por todo.

A Vanessa se le encogió el corazón y se preparó para el ataque, para que Marc lanzase contra ella toda la ira y el resentimiento que debía de sentir... y era probable que se lo mereciese. No obstante, Marc continuó hablando en el mismo tono.

–Por mucho que me moleste, no podemos dar marcha atrás, sólo podemos seguir adelante. Así que éste es el trato, Vanessa.

La miró con sus ojos verdes como debía de mirar a sus rivales en los negocios y le dijo:

–Ahora que sé de la existencia de Danny, quiero formar parte de todo. Me quedaré aquí un tiempo, hasta que te acostumbres a la idea. Hasta que yo me acostumbre a ser padre y él empiece a reconocerme como tal. Pero, después, voy a querer llevármelo a casa.

Al oír aquello, Vanessa se quedó inmóvil y agarró con fuerza la taza de café.

–No es una amenaza –le advirtió Marc enseguida–. No estoy diciendo que vaya a querer llevármelo a Pittsburgh para siempre. Sinceramente, todavía no sé cómo lo vamos a hacer, pero ya hablaremos de eso después. Sólo me refería a llevarlo de visita, para poder presentárselo a mi familia, para que mi madre sepa que tiene otro nieto.

Vanessa pensó que Eleanor estaría encantada. Otro nieto, sobre todo, otro nieto varón que pudiese llevar el apellido Keller, pero la madre del niño era otro tema. Y la madre de Marc sólo estaría contenta con Vanessa fuera de juego.

–¿Y si yo no estoy de acuerdo? Con nada.

Él arqueó una ceja.

–Entonces, supongo que me vería obligado a amenazarte, pero ¿estás segura de que es eso lo que quieres? Creo que he sido bastante comprensivo con toda esta situación, aunque ambos sepamos que tengo motivos para estar furioso al respecto.

Marc dio un sorbo a su café e inclinó la cabeza. Parecía estar mucho más tranquilo que ella.

–Si quieres que me ponga furioso y que te amenace, también puedo hacerlo, sólo tienes que decírmelo, pero si prefieres que actuemos como dos adultos maduros, decididos a crear el mejor ambiente posible para su hijo, entonces te sugiero que accedas a mis planes.

–¿Acaso tengo elección? –protestó ella, entendiendo mejor que nunca lo que significaba estar entre la espada y la pared.

Marc sonrió de manera chulesca y confiada.

–Pudiste elegir entre contarme o no que estabas embarazada, para empezar, y decidiste no hacerlo, así que no. Ahora la pelota está en mi campo.

Capítulo Seis

Era evidente que la pelota estaba en el campo de Marc, la pelota, y todo lo demás, así que, en esos momentos, lo único que podía hacer era ser amable y esperar que él continuase siéndolo también.

Marc la agarró del codo para salir del restaurante, guiándola por un pasillo enmoquetado de camino a la entrada.

–Sube a mi habitación –le susurró al oído.

Ella lo miró a Marc sorprendida, con incredulidad.

Él se echó a reír al ver su reacción.

–No es una proposición –le aseguró–, aunque no me opondría a algún coqueteo después de la cena.

Al llegar al vestíbulo, la hizo girar a la izquierda, en dirección a las escaleras que llevaban a las habitaciones.

–Quiero enseñarte algo –continuó diciéndole mientras subían despacio.

–Eso sí que suena a proposición indecente –comentó ella.

Marc sonrió y se metió la mano en el bolsillo para sacar la llave de su habitación. No era una tarjeta, sino una llave de las de verdad, con un enorme llavero de plástico con forma de faro.

–Me conoces demasiado bien, nunca necesité frases seductoras cuando nos conocimos, ni las necesito ahora.

Eso era cierto. Había sido demasiado encantador como para intentar ligar con ella del modo en que lo habían hecho el noventa por ciento de los chicos por entonces. Ésa era una de las cosas que habían hecho que le resultase todavía más atractivo, que hubiese destacado entre los demás.

Al llegar a la puerta de la habitación, Marc la abrió y se apartó para dejarla entrar. Vanessa había estado antes en el hostal, pero no en las habitaciones, así que se quedó unos segundos mirando a su alrededor.

Marc no se quitó la chaqueta del traje y la dejó sobre el respaldo de una mecedora antes de ir hacia el escritorio que había en la pared de enfrente.

Mientras abría su ordenador portátil y lo encendía, Vanessa retrocedió y disfrutó de la vista. Sabía que era una bajeza, y que no tenía sentido, teniendo en cuenta que le había dicho a todo el mundo que se alegraba de haberse divorciado y que ya no estaba enamorada de él, que lo había superado por completo.

Pero que fuese su ex mujer no significaba que no fuese una mujer de carne y hueso.

La cara camisa blanca se pegaba a sus anchos hombros. El pantalón, que debía de haberle costado más de lo que sacaba ella en una semana en la panadería, se ajustaba a sus caderas y, sobre todo, a su trasero. Un trasero redondeado, bonito, que no parecía haber cambiado mucho desde que se habían separado.

Vanessa se llevó la mano al rostro, se tapó los ojos y se reprendió en silencio por ser tan débil. ¿Qué le estaba pasando? ¿Estaba loca? ¿O tendría un virus? ¿O era que las hormonas del embarazo todavía estaban haciendo de las suyas?

Separó los dedos un poco, miró por la rendija y supo cuál era su problema.

Para empezar, que sabía lo que había debajo de aquella camisa y aquellos pantalones. Conocía muy bien la fuerza de sus músculos, la suavidad de su piel. Sabía cómo se movía, cómo olía y cómo era tener su cuerpo apretado contra el de él.

Para continuar, sus hormonas debían de seguir locas. Y no sólo las del embarazo, sino todas en general.

Eso no la sorprendía. Siempre había sido un pelele en manos de Marc. Le bastaba una mirada provocadora para ponerse como un flan. Con que le rozase la mejilla con los nudillos o los labios con los suyos, perdía el control.

Teniendo en cuenta el tiempo que hacía que no estaban juntos, el tiempo que hacía que Vanessa era sólo una incubadora humana y una mamá a tiempo completo, no era de extrañar que su mente le estuviese jugando aquella mala pasada.

Y no le cabía la menor duda de que, si Marc se

daba cuenta, aprovecharía su vulnerabilidad y su revuelo interior, así que lo más sensato sería no decir ni hacer nada que la delatase.

Por entre los dedos, Vanessa lo vio desabrocharse los primeros botones de la camisa y aflojarse el cuello. Era una costumbre que tenía. Recordó habérselo visto hacer casi todas las noches al llegar del trabajo. Casi siempre pasaba un par de horas más trabajando en su despacho de casa, pero el primer paso para relajarse había sido siempre quitarse la chaqueta y la corbata, desabrocharse la camisa y remangársela.

Vanessa se quitó las manos de los ojos justo antes de que Marc tomase el ordenador y se girase. Atravesó la habitación, se sentó a un lado de la cama, dejó el ordenador y golpeó el espacio que había a su lado a modo de invitación.

–Siéntate un momento –le dijo a Vanessa–. Quiero enseñarte algo.

Ella arqueó una ceja.

–Ven, quiero enseñarte lo que tengo pensado para La Cabaña de Azúcar.

Eso llamó su atención y aplacó sus sospechas y miedos, dando lugar a otros nuevos. Se acercó a la cama, se sentó y se bajó el vestido para no enseñar las piernas.

Él le dio a un par de teclas y giró el ordenador para que Vanessa lo viese mejor.

–Has dicho que querías ampliar el negocio al local de al lado, ¿no? Y utilizarlo para hacer pedidos por correo.

–Eso es.

–Bueno, ésta sería una primera descripción del proyecto que he hecho antes de la cena. Es lo que creo que costaría reformar el local, cuáles serían tus gastos generales, etcétera. Por supuesto, hay muchos aspectos del negocio que todavía desconozco, así que habrá que ajustarlo, pero esto nos da una idea aproximada de lo que hace falta y de por dónde empezar.

Marc se levantó un momento y fue a tomar del escritorio una libreta grande y amarilla. Luego volvió a la cama, haciendo que el colchón se moviese suavemente.

–Y éste es un boceto rudimentario de la ampliación. Con los mostradores, las estanterías y todo eso.

Vanessa apartó la vista de la pantalla del ordenador y estudió el dibujo que Marc tenía en la mano durante un minuto, imaginándose cómo quedaría todo en el local que había al lado de La Cabaña de Azúcar.

Era bueno. Incluso alentador. Y la idea de que algo tan simple pudiese ser realidad algún día, muy pronto, hizo que le diese un vuelco el corazón.

Sólo había un problema.

Levantó la cabeza y miró a Marc a los ojos.

–¿Por qué has hecho todo esto? –le preguntó.

–No hay nada escrito en piedra –murmuró él, dejando a un lado el cuaderno y volviendo a orientar el ordenador hacia él–. Y no va a ser barato, créeme, pero la ampliación es una buena idea. Creo que es inteligente y que generará rendimientos a largo plazo. En especial, si te va bien con los pedidos.

A ella le volvió a dar un vuelco el corazón, se le humedecieron las palmas de las manos de sudor, se le hizo un nudo en la garganta. Era tan agradable ver que alguien compartía su entusiasmo y apoyara sus ideas.

Pero, en aquel caso, había demasiadas condiciones.

—Eso no responde a mi pregunta —insistió en voz baja.

Y luego volvió a hacerle la pregunta a Marc, aunque una parte de ella tuviese miedo de su respuesta.

—¿Por qué has hecho todo esto?

Él cerró el ordenador y lo dejó en la mesita de noche junto con el cuaderno.

—Necesitas un socio para hacerlo, Vanessa. Lo sabes, si no, no habrías acudido a Blake and Fetzer.

A ella se le aflojó el pulso y sintió como si la temperatura bajase diez grados de repente.

—Ya te he dicho, Marc, que no quiero tu dinero.

Él echó los hombros hacia atrás y puso la espalda recta, apretó la mandíbula, indicación de que iba a ponerse testarudo e iba a querer imponer su ley.

—Y yo ya te he dicho, Vanessa, que no voy a marcharme a ninguna parte. Al menos, por un tiempo. Y, mientras esté aquí, será mejor que aprovechemos nuestro tiempo con sensatez. ¿Por qué no empezar con la ampliación, para que estés un paso más cerca de tu meta?

De repente, Marc volvía a parecer relajado y sensato. Vanessa siempre había odiado aquello, porque solía darle la razón.

Porque, normalmente, Marc tenía razón, al menos, en lo relativo a los negocios. Y él lo sabía.

–No quiero tu ayuda, Marc.

Vanessa se puso en pie, se abrazó por la cintura y empezó a andar. Al llegar a la puerta se dio la media vuelta y volvió, con la mirada fija en la desgastada moqueta que había a sus pies.

–No quiero estar atada a ti, no quiero deberte nada.

–Ya es un poco tarde para eso, ¿no crees?

Ella se detuvo y levantó la cabeza para mirarlo a los ojos. Marc tenía una ceja morena arqueada y sonreía de medio lado.

–Tenemos un hijo juntos. Y eso nos ata mucho más que cualquier asociación empresarial.

Ella parpadeó. Se maldijo. Marc volvía a tener razón.

Para bien o para mal, estaban atados hasta el final de los días por su hijo. Tendrían que verse en los cumpleaños, en las fiestas del colegio, en las actividades extraescolares, cuando estuviese enfermo, durante la pubertad, cuando tuviese novia, cuando se hiciese el primer *piercing* o el primer tatuaje…

Se estremeció y deseó que no se hiciese *piercings* ni tatuajes. Ése sería un tema que no le importaría delegar en Marc.

Pero teniendo en cuenta lo horrible y dolorosa que había sido su separación, al menos para ella, era normal que no tuviese ganas de compartir nada más con él. E incluso que hubiese intentado ocultarle la existencia de Danny, para empezar. Tal vez no hubiese sido lo correcto, pero su vida había sido mucho menos complicada así.

–Eso es diferente –admitió en voz baja.

Él inclinó la cabeza, aunque Vanessa no supo si lo hacía porque estaba de acuerdo con ella o no.

–Te sientas como te sientas al respecto –le dijo Marc–, eso no cambia los hechos. Voy a quedarme en Summerville a conocer a mi hijo y a recuperar el tiempo perdido, varias semanas, por lo menos. Y creo que deberías aprovecharte de ello, y de que esté dispuesto a invertir en tu panadería.

Se levantó de la cama y fue hasta donde estaba ella, le puso las manos en los hombros desnudos.

–Piénsalo, Nessa –murmuró, clavando sus ojos verdes en los de ella–. Utiliza la cabeza en vez de aferrarte a tu orgullo. La mujer de negocios inteligente que hay en ti sabe que tengo razón, sabe que sería una locura desperdiciar esta oportunidad. Aunque te la esté dando tu despreciable exmarido.

Dijo lo último con una rápida y sensual sonrisa y haciéndole un guiño.

Y fue aquel guiño, y el hecho de que supiese lo poco que le gustaba tenerlo allí, lo que hizo que Vanessa decidiese pararse a pensar, tal y como él le había sugerido.

Pensó en su oferta. Barajó sus opciones. Sopesó su deseo de ampliar la panadería frente al deseo de que Danny fuese sólo suyo y de mantenerlo alejado de Marc, lo mismo que el control de su negocio.

Pensó que era posible que Marc se estuviese comportando de manera amable, considerada y generosa para engañarla. Y que, en cuanto ella aceptase su dinero y le permitiese formar parte de su panadería y de la vida de Danny, él podría quitárselo todo.

Su negocio, su seguridad, a su hijo.

¿De verdad creía eso? A pesar de lo duro que había sido el divorcio, Marc jamás había sido cruel a propósito. No había intentado hacerle daño, no había utilizado su influencia ni el dinero de su familia para dejarla en la indigencia.

Gracias al acuerdo prematrimonial que la familia de Marc, o, más bien, su madre, le había hecho firmar, Vanessa se había marchado de aquel matrimonio con poco más de lo que había tenido al principio, pero era consciente de que podía haber sido todavía peor.

Tenía amigas que habían pasado por divorcios mucho más desagradables, que habían estado casadas con hombres muy ricos que, en un arranque de ira, las habían echado a la calle prácticamente con lo puesto, a veces, acompañadas por sus hijos.

Marc no había sido nunca ese tipo de hombre. Siempre había sido discreto y había preferido enfadarse en silencio a explotar.

Incluso durante el matrimonio, tal vez no hubiese sido todo lo atento que a ella le habría gustado, ni se hubiese tomado en serio las quejas acerca de su familia, o de su distanciamiento, pero jamás habían discutido por tonterías ni la había insultado. Vanessa había deseado que lo hiciese en varias ocasiones, sólo para que le demostrase que le importaba lo suficiente como para discutir.

Pero la respuesta de Marc al conflicto marital siempre había consistido en bajar la cabeza, guardar silencio y meterse en su despacho a trabajar todavía más.

Marc también era uno de los hombres más honrados que conocía.

Todo lo relativo a Danny se quedaría en la esfera personal. Mientras que lo relacionado con la panadería sería estrictamente profesional, y lo trataría como tal.

Si no invertía en La Cabaña de Azúcar, sólo retiraría su dinero y sus vínculos profesionales, no su amor por Danny ni su determinación de formar parte de la vida de su hijo. Y, por otro lado, si estaba en desacuerdo con algo relativo a Danny, jamás retiraría su inversión en la panadería sólo para hacerle daño a ella.

Por desgracia, a ella nunca se le había dado tan bien separar su vida personal de la laboral. Adoraba La Cabaña de Azúcar. Formaba parte de ella, había sido construida con su sangre, su sudor y sus lágrimas y, sobre todo, con su corazón. Si fracasaba, si tenía que cerrar la panadería, una parte de ella moriría también.

Pero todavía más importante que la panadería, quien tenía la mayor parte de su alma y su corazón, era Danny. Sería capaz de prenderle fuego a la panadería si eso significaba mantener la felicidad y la seguridad de su hijo.

Y, para bien o para mal, Marc era el padre de Danny, una parte de él. También era probable que fuese el único inversor que quisiese invertir tanto dinero en una panadería, y que pensase que sus ideas tenían mérito de verdad.

Cualquiera habría aceptado la oferta sin pensárselo, pero para Vanessa había demasiadas cosas en juego, lo mismo que para Danny y para tía Helen.

Al final, no hizo caso a su cabeza ni a su corazón. Siguió su instinto.

–De acuerdo –le dijo haciendo un esfuerzo–, pero no quiero tu caridad. Si vamos a hacer esto, quiero que sea oficial y legal. Haremos que Brian redacte los documentos y que deje constancia de que te devolveré el dinero.

Marc le dedicó una sonrisa paternal.

–De acuerdo. Lo llamaré por la mañana para ponernos manos a la obra.

Ella asintió despacio, todavía a regañadientes, todavía insegura.

–Bueno, ya hemos terminado con la parte profesional. Mañana repasaremos los detalles –le dijo él, bajando las manos hasta sus codos antes de añadir–: Ahora viene la parte personal.

Vanessa pensó que quería volver a hablar de Danny y se le hizo un nudo en el estómago. Contuvo la respiración y esperó a que le dijese que iba a pedir su custodia, o que quería llevárselo a Pittsburgh con él.

En su lugar, Marc la abrazó e inclinó la cabeza para besarla.

Capítulo Siete

Vanessa se quedó completamente inmóvil un momento, con los ojos abiertos como platos, pero después, el calor de Marc, su pasión, hicieron que empezase a inclinarse hacia él y que cerrase los ojos.

Marc la abrazó por la cintura y la apretó todavía más contra su cuerpo. Sus labios estaban calientes y se movían con decisión.

Sabía a café y a nata, estaba delicioso. Tal y como Vanessa recordaba.

Siempre le había resultado un verdadero placer besar a Marc, como un vaso de agua fresca en un caluroso día de verano o un baño de espuma después de un duro día de trabajo.

Marc le acarició la mejilla y se apartó sólo lo justo para dejarla respirar y que lo mirase a los ojos. Él tenía la mirada oscura de deseo y Vanessa imaginó que la suya era igual. Lo quisiese o no, le gustase o no, no podía negar la pasión que había entre ambos. Incluso en esos momentos, un año después de su separación, después de que su matrimonio se hubiese terminado.

–Llevaba toda la noche deseando hacerlo –murmuró Marc, acariciándole el rostro justo al lado del labio inferior.

Ella deseó poder decirle todo lo contrario, pero tuvo que admitir que también había pensado en besarlo varias veces desde su inesperada reunión. En especial, durante la cena, mientras se miraban a los ojos a la luz de las velas.

Pero hacerlo no le parecía buena idea. Y estar a solas con él en su habitación de hotel tampoco lo era.

Debía marcharse. Ponerle una mano en el pecho, empujarlo y salir de allí mientras todavía le respondiesen las piernas.

Él levantó la otra mano y la enterró en su pelo.

«Muévete», se dijo Vanessa.

Pero no se movió. Era como si todo su cuerpo se hubiese quedado petrificado.

—Esto no es buena idea —le dijo, obligándose a actuar—. Debería marcharme.

Él esbozó una sonrisa.

—O podrías quedarte —le susurró—, y ver juntos cómo convertir una mala idea en una buena.

Ella le dijo que no mentalmente. «No, no, no». Si se quedaba, sólo lograría empeorar las cosas.

Tenía que marcharse. Y lo haría en cuanto su cuerpo obedeciese las órdenes de su cerebro. Pero, al parecer, la conexión entre ambos estaba estropeada, porque no se podía mover.

Se quedó allí parada, viendo cómo Marc volvía a inclinar la cabeza. Dejó que la besase otra vez, que su lengua la provocase hasta que abrió la boca y la invitó a entrar.

«No es buena idea», pensó mientras lo abrazaba

por el cuello y sus dedos empezaban a jugar con su pelo. «Es muy, muy mala idea…».

La lengua de Marc se entrelazó con la de ella y Vanessa gimió y dejó de pensar con sensatez. Fuese buena o mala idea, ya era demasiado tarde para luchar contra ella. Ni siquiera estaba segura de querer hacerlo.

Marc la apretó todavía más contra su cuerpo, de manera que sus pechos se aplastaron contra el de él y Vanessa notó su erección.

Ella también estaba excitada, tenía el corazón acelerado y mucho calor, y notó cómo se le endurecían los pezones. También tenía las rodillas temblorosas y humedad entre los muslos.

Marc no tardaría en darse cuenta de lo excitada que estaba. Ya le estaba acariciando las caderas y empezaba a meter las manos por debajo del vestido.

Ella empezó a desabrocharle la camisa. Al llegar al último botón, le desabrochó el cinturón y el botón del pantalón y le sacó la camisa. Una vez con su torso al descubierto, apoyó las palmas de las manos en su piel caliente y suave.

Él gimió. Ella, también. Ambos sonidos se mezclaron y Vanessa notó cómo un escalofrío recorría su espalda.

Como si él también lo hubiese sentido, Marc le recorrió la espalda con la mano, hacia arriba, y le masajeó la nuca un segundo antes de desabrocharle la cremallera del vestido.

Vanessa le clavó las uñas en el pecho, presa del deseo. Era tanto que casi no lo podía soportar, hacía que se sintiese sin fuerzas y casi sin respiración. Si Marc no hubiese estado sujetándola, estaba segura de que se habría caído al suelo.

Marc dejó de besarla y le permitió respirar mientras le tiraba del vestido para que se le cayese a los pies. Luego metió los dedos por la cinturilla de las medias y empezó a bajárselas también, arrodillándose delante de ella.

Le puso una mano en el tobillo y le dijo:

—Levanta.

Vanessa lo hizo y él le quitó el zapato y la media del pie.

—Levanta —repitió, para realizar la misma operación con el otro pie, dejándola en medio de la habitación en sujetador y braguitas.

Por suerte, Vanessa había escogido la ropa interior con tanto esmero como la exterior, a pesar de no haber tenido intención de desnudarse delante de él. No obstante, se alegraba de haberse puesto un conjunto nuevo. Un sujetador sin tirantes rojo, rematado con encaje y un culote a juego que le tapaba bastante por delante, pero dejaba al descubierto dos medias lunas por detrás.

Marc debió de fijarse en su ropa interior desde abajo, porque levantó la cabeza, sonrió y dijo:

—Precioso.

Y luego la agarró por las pantorrillas, por las rodillas y subió hacia los muslos.

Ella se humedeció los labios secos con la punta de la lengua.

—Las madres siempre dicen que hay que llevar

ropa interior bonita, por si acaso –comentó con voz temblorosa–. Ahora lo entiendo.

Marc se echó a reír.

–Es más que bonita –le contestó, agarrándola del trasero y dándole un beso en el vientre, justo debajo del ombligo–, pero estoy seguro de que con ese «por si acaso» ninguna madre se refiere a esto.

Ella intentó reír, pero le salió un ruido extraño, ahogado.

–Pero, te gustan, ¿no? ¿Más que unas braguitas de algodón blanco?

Él le dio un beso en el centro del torso y se puso completamente de pie.

–Más que unas braguitas de algodón blanco –admitió–, aunque en realidad me da igual, porque no voy a tardar en quitártelas.

Le puso las manos en la espalda y le desabrochó el sujetador con un rápido movimiento. Ella cruzó los brazos para que no se le cayese del todo.

–Venga, quítate las dos cosas.

Aquella orden hizo que a Vanessa se le encogiese el estómago y se le pusiese la carne de gallina.

A pesar de notar cómo el deseo corría por sus venas, se sintió incómoda y desprotegida. Había llegado hasta allí, incluso sabiendo que era un error colosal.

Ya no era sensato estar a solas con Marc, ni siquiera vestida, así que lo que estaban haciendo, mucho menos, pero le trajo tantos recuerdos increíbles y tantas sensaciones que había pensado que no volvería a experimentar.

Por un momento, pensó en volver a ponerse el vestido y salir corriendo, pero no pudo.

Con los brazos todavía cruzados para que no se le cayese el sujetador, retrocedió. Sólo un pequeño paso.

—Espera —le dijo, con más confianza de la que sentía en realidad.

Él arqueó una ceja y le advirtió con la mirada que, si intentaba salir huyendo, la perseguiría.

Pero Vanessa no tenía intención de correr, sino sólo de postergar un poco las cosas para no ser la única que se estaba quedando helada en aquella vieja habitación de hotel.

—Llevas demasiada ropa —le dijo—. Tú primero.

Marc arqueó la otra ceja. Luego se desabrochó los gemelos y se quitó la camisa, dejándola caer detrás de él al suelo.

Vanessa tragó saliva. Le había parecido buena idea hacer que se desnudase, pero ya no estaba tan segura de que lo fuese. Se le secó la boca sólo de ver aquel estómago tan plano y aquellos musculosos pectorales y notó cómo se le subía el corazón a la garganta.

Sin darle tiempo a recuperarse, Marc se quitó los zapatos, se bajó los pantalones y se acercó un paso más a Vanessa.

—¿Mejor así? —le preguntó, sonriendo divertido.

Y ella pensó que aquello no estaba mejor, sino muchísimo peor. Porque en ese momento, además de estar nerviosa y sentirse desprotegida, también se sentía abrumada.

¿Cómo podía haber olvidado cómo era aquel hombre desnudo?

La belleza de Marc la había divertido durante su matrimonio. El hecho de que las mujeres se girasen a mirarlo y le prestasen tanta atención no la había molestado lo más mínimo, porque siempre había sabido que era suyo. Otras mujeres podían mirarlo, pero sólo ella podía tocarlo.

Pero llevaban más de un año divorciados. ¿Cuántas mujeres lo habrían tocado desde entonces? ¿Cuántas le habrían hecho girar la cabeza a él?

Como si pudiese leerle el pensamiento, Marc levantó la mano y le acarició la mejilla.

–¿Tienes frío? –le preguntó en voz baja.

Y ella negó con la cabeza, aunque no fuese verdad.

Había sido ella quien lo había dejado, quien había pedido el divorcio, pero, aun así, no soportaba imaginárselo con otras mujeres.

Marc le acarició los brazos y entrelazó los dedos con los de ella. Como había hecho cuando habían estado casados, haciéndola sentir muy cerca de él, querida.

Le dio un beso en los labios y susurró:

–Deja que te caliente.

Volvió a besarla y la hizo retroceder.

Vanessa notó la cama con la parte trasera de los muslos y se tumbó. Marc la siguió con cuidado, casi como si fuese una coreografía. El sujetador se le cayó por fin con el movimiento.

Él apoyó su pecho en los de ella, aplastando sus

pezones erguidos. Vanessa gimió y lo abrazó mientras él la besaba de nuevo.

Luego metió los dedos por debajo de la cintura de las braguitas y se las bajó. Después hizo lo mismo con su ropa interior.

Ambos estaban completamente desnudos, apretados como dos capas de celofán. Vanessa volvió a sentirse insegura, recordó que habían pasado meses desde la última vez que habían estado juntos, que había pasado por un embarazo y un parto desde entonces... que había pasado el primer trimestre profundamente deprimida por la ruptura de su matrimonio y la idea de convertirse en madre soltera, ahogando sus penas en helado y masa de galletas.

Además del peso del bebé, había engordado dándose festines de autocompasión y a pesar de haber empezado a ser mucho más disciplinada después de haber dejado de compadecerse de sí misma, todavía no se había deshecho de esos kilos de más. Sus caderas habían ensanchado, su estómago ya no era plano, tenía los muslos más redondeados.

Lo único que le había mejorado era el pecho, que le había aumentado.

Pero fuesen buenos o malos esos recientes cambios físicos, a Marc no parecían preocuparle. De hecho, ni siquiera parecía haberse dado cuenta. Y, si lo había hecho, no había dicho nada y estaba disfrutando de ellos.

Eso hizo que Vanessa se relajase y dejase de obsesionarse. Notó las caricias de Marc, sus besos por la garganta, en el hombro, en el escote, y sintió la necesidad de tocarlo también.

Le acarició la espalda, jugó con su pelo. Le mordisqueó la oreja y frotó la mejilla contra la leve barba que empezaba a salir en su rostro.

Estaba notando su erección y se apretó contra ella. Marc la mordió en el cuello y ella dio un grito ahogado.

Él rió y Vanessa se estremeció al oírlo.

—Deja de jugar —le ordenó casi sin aliento.

—Has empezado tú —replicó él contra su piel mientras buscaba uno de sus pechos con la boca.

Vanessa se quedó inmóvil, sintió cómo el placer la aplastaba contra el colchón. Ni siquiera pudo gritar, los pulmones se le habían quedado desprovistos de oxígeno.

Se aferró a sus hombros mientras Marc la torturaba. Él le lamió y le chupó un pecho y después el otro, volviéndola loca.

Cuando terminó, levantó la cabeza y sonrió. Era una sonrisa perversa, diabólica.

Vanessa vio que volvía a inclinarse sobre ella y tuvo miedo. No supo si iba a poder aguantar mucho más, tanto si Marc continuaba con lo que estaba haciendo como si decidía seguir bajando.

Así que antes de que a Marc se le ocurriese la idea, ella lo abrazó con las piernas por la cadera y metió la mano entre ambos para agarrar su erección. Él dejó escapar un soplido y cerró los ojos.

—Ya basta —le dijo Vanessa.

Él abrió los ojos y la miró.

–¿Quieres que pare? –murmuró.

Sabía que no quería que parase, sólo estaba jugando con ella, torturándola otra vez.

Le dio a probar de su propia medicina apretando los dedos alrededor de su erección, haciendo que diese un grito ahogado y flexionase las rodillas.

–No quiero que pares –le aclaró Vanessa–, sólo quiero que te dejes de preámbulos y vayas directo al grano.

Marc arqueó una ceja y sonrió de oreja a oreja.

–Con que al grano, ¿eh?

Ella notó que se ruborizaba, aunque ya fuese demasiado tarde para eso.

Respiró hondo y levantó la barbilla.

–Ya me has oído.

–Bueno –le dijo él con un brillo de depredador en la mirada–. Veré qué puedo hacer.

Entonces fue Vanessa quien arqueó una ceja.

–Eso espero.

Marc sonrió todavía más antes de besarla con fuerza. Le apartó la mano despacio para poner la suya y se colocó mejor entre sus piernas para poder penetrarla. Lo hizo lentamente, con cuidado, mientras la besaba y absorbía sus gemidos.

La fue llenando centímetro a centímetro. La sensación fue asombrosa, perfecta.

Como tantas otras veces en el pasado, Vanessa se maravilló de lo bien que encajaban juntos, incluso a pesar de los cambios que había sufrido su cuerpo durante el último año.

Marc se apoyó en los hombros y dejó de besarla.

Vanessa aprovechó la oportunidad para morderse el labio inferior y echar la cabeza hacia atrás, extasiada. Él hizo lo mismo mientras entraba y salía, despacio al principio, y luego cada vez con mayor rapidez.

Vanessa también levantó las caderas para recibirlo, dejando que el movimiento y las sensaciones la invadiesen por completo.

Quería, no, necesitaba, lo que sólo Marc podía darle. Y quería que lo hiciese todavía más fuerte, todavía más rápidamente.

–Marc, por favor –le rogó, abrazándolo por el cuello antes de mordisquearle el lóbulo de la oreja.

Luego clavó los dientes con más fuerza en su hombro.

Él se estremeció, la agarró por la cintura y la penetró todavía más, con más fuerza, haciéndola gritar, gritando a su vez.

Hasta que la presa se rompió y el placer invadió a Vanessa acompañado de una ola de calor.

Dijo su nombre y se aferró a él como si temiese por su vida, absorbiendo el impacto de sus últimos empellones, hasta que notó que dejaba caer todo su peso sobre ella y lo oyó gemir con satisfacción.

Capítulo Ocho

—Creo que ha sido una mala idea –murmuró Vanessa.

Marc se había preguntado cuánto tiempo tardaría en empezar a arrepentirse.

Estaban tumbados boca arriba, el uno al lado del otro. Vanessa se había tapado con la sábana hasta el cuello. Él estaba un poco más relajado, con la sábana tapándole sólo el abdomen.

En cualquier caso, no podía no estar de acuerdo con ella con respecto a que había sido mala idea. No se arrepentía. Jamás podría arrepentirse de hacer el amor con Vanessa, pero sabía que no había sido la decisión más inteligente de su vida.

Ni siquiera sabía qué lo había poseído para haberla besado en primer lugar.

Tal vez fuese que había estado toda la noche pensando en besarla.

O que no había logrado sacársela de la cabeza desde que había vuelto a verla, después de tanto tiempo, después de haber decidido que no volvería a verla jamás.

O que Vanessa era, sencillamente, irresistible. Para él, siempre lo había sido.

Casi no le sorprendía que hubiesen hecho un

hijo juntos mientras su matrimonio se desmoronaba. A pesar de sus diferencias y problemas, siempre habían sido compatibles físicamente.

Y era un alivio saber que eso no había cambiado. Ya no estaban casados, ella le había ocultado a su hijo y ninguno de los dos estaba seguro de lo que les iba a deparar el futuro, pero al menos Marc sabía que seguía habiendo pasión entre ellos. Más que pasión, un deseo y un anhelo irrefrenables.

Marc le rozó la pierna y notó que su erección volvía a crecer. Ella, por su parte, se apartó.

–Tienes razón –le dijo Marc–. Tal vez no haya sido lo más sensato. Al menos, dadas las circunstancias.

–Me temo que te quedas corto –protestó ella, girándose hacia el borde de la cama y sentándose.

Se quedó así un minuto, sin moverse, y Marc aprovechó para admirar cómo le caía la corta melena sobre los hombros, la suave línea de su espalda. Había engordado un poco con el embarazo, pero eso no le restaba ni un ápice de atractivo.

Sino que, en todo caso, hacía que fuese todavía más bella y sensual. Él había disfrutado mucho descubriendo sus nuevas curvas con las manos y con los labios.

Sonrió de medio lado, no sólo por las vistas, sino por el tono de su voz. Siempre le había gustado la manera de expresarse de Vanessa.

A ella siempre le había molestando verlo sonreír cuando estaba enfadada, regañándolo. Pero Marc no sonreía porque no la escuchase o no se la tomase en serio, sino porque le encantaba observarla y escucharla, aunque fuese echándole la bronca.

Su manera de moverse, de ir de un lado a otro y mover los brazos. El modo en que subía y bajaba su pecho, agitado. Lo cierto era… que lo excitaba. Y nueve de cada diez veces, sus discusiones terminaban con un sexo estupendo.

A posteriori, Marc se había dado cuenta de que tal vez aquello hubiese causado otros problemas que los habían llevado a separarse. Él no había pretendido burlarse de sus sentimientos ni de sus opiniones, sólo había creído que su relación estaba tan afianzada que ninguna diferencia ni malentendido podría romperla.

Qué equivocado había estado. Y cuando había querido darse cuenta, ya había sido demasiado tarde.

—No puede volver a ocurrir —le dijo Vanessa, todavía dándole la espalda.

Por un momento, Marc se quedó bloqueado y pensó que estaba hablando de su divorcio, que no podría volver a ocurrir y, que si él pudiese dar marcha atrás, jamás habría tenido lugar.

Entonces se dio cuenta de que se refería al sexo.

—Marc —añadió Vanessa al ver que no contestaba. Se giró ligeramente e inclinó la cabeza para poder verlo con el rabillo del ojo—. Esto no puede volver a ocurrir.

Él se tumbó de lado y se apoyó en un codo, dejando que el silencio inundase la habitación mientras la estudiaba.

–¿Qué quieres que te diga, Vanessa? –murmuró–. ¿Que me arrepiento de que hayamos hecho el amor? ¿Que no espero que vuelva a ocurrir? Lo siento, pero no puedo.

–¿Puede saberse qué te pasa? –inquirió ella.

Se puso de pie de un salto y se llevó la sábana, dejando a Marc completamente al descubierto.

Vanessa terminó de tirar de la tela, que se había quedado apresaba debajo del colchón, ignorando la desnudez de su exmarido. Luego tomó la colcha que estaba a los pies de la cama y se la echó por encima, tapándole la cabeza y todo. Él rió.

–Estamos divorciados, Marcus –espetó Vanessa, como si no lo supiese.

Luego recorrió la habitación furiosa, recogiendo su ropa prenda por prenda.

–Se supone que las parejas divorciadas no se acuestan juntas.

–Tal vez, pero ambos sabemos que ocurre con frecuencia.

–Pues no debería –replicó ella mientras intentaba ponerse la ropa interior sin que se le cayese la sábana–. Además, tú me odias.

Había tensión en el ambiente.

–¿Quién ha dicho eso?

Vanessa se quedó inmóvil al oír aquello y levantó la vista para mirarlo a los ojos.

–¿No es cierto? Quiero decir, que me odias y lo sabes. O, al menos, deberías odiarme. No te conté que estaba embarazada. No te conté lo de Danny.

Él frunció el ceño y se puso muy serio al recordarlo. Se había esforzado mucho en olvidar que ése era, en parte, el motivo por el que estaba allí.

La observó, envuelta en una sábana como una diosa griega. Era evidente que tenía motivos para odiarla. Y que tenían todavía muchas cosas que aclarar, pero, por algún motivo, en esos momentos, no era capaz de enfadarse con ella.

–Te voy a dar un consejo –le dijo en su lugar, intentando no sonreír–. Cuando alguien se haya olvidado temporalmente de que tiene algún motivo para estar enfadado contigo, es mejor no recordárselo.

–Pero es que deberías estar enfadado conmigo –insistió Vanessa, dándole la espalda para seguir vistiéndose.

Marc vio cómo luchaba con el sujetador y luego dejaba caer la sábana.

Contuvo las ganas de agarrarla y volver a llevársela a la cama. Al parecer, Vanessa quería que estuviese enfadado con ella.

Por una parte, al menos, sabía que no se había acostado con él con la intención de seducirlo y hacerle olvidar que había intentado ocultarle que tenía un hijo. Por otra parte, hasta entonces Vanessa había hecho todo lo posible para estar a buenas con él. Para evitar acritudes, una posible batalla por la custodia del niño o que él se lo llevase a Pittsburgh.

Era cierto que, hasta ese día, había estado un año sin hablar con ella. Y el hecho de que hubiese sido ella quien lo hubiese dejado, significaba que no la había sabido entender, para empezar, pero el único motivo que se le ocurría para que ella quisiese recordarle que debía estar enfadado era que necesitaba poner algo entre ambos. Un muro. Una barrera.

Si él la odiaba, no querría volver a estar con ella. Si la odiaba, tal vez se hartase y se volviese a Pittsburgh, solo, sin Danny.

Llegarían a un acuerdo con respecto a la custodia. Insistiría. Y estaba seguro de que Vanessa no se opondría. Lo menos que podría hacer sería permitir que viese a Danny de manera regular, o incluso que se lo llevase a Pittsburgh unos días para presentárselo a su familia.

No obstante, Marc llevaba demasiado tiempo en el mundo de los negocios como para saber que, cuando alguien cedía con demasiada facilidad, era normalmente porque intentaba mantener o conseguir algo todavía más importante. Y Vanessa debía de querer mantener las distancias.

Se había mudado a Summerville nada más divorciarse, se había instalado con su tía y había montado La Cabaña de Azúcar.

Si el Destino no hubiese intervenido para llevarlo a él allí, jamás habría sabido dónde estaba Vanessa, ni que tenía un hijo. Su hijo.

Así que, eso era, quería mantener las distancias. Y si lo hacía enfadar, era más probable que se marchase, ¿no?

Eso hizo que Marc desease todavía más estar allí.

Se movió hacia el borde de la cama y se sentó en él.

–Bueno, pues siento decepcionarte, pero no te odio.

Se levantó y se acercó a ella completamente desnudo.

Vanessa retrocedió y lo vio inclinarse y recoger sus pantalones y su ropa interior.

–No me gusta lo que hiciste –le aclaró Marc mientras se vestía muy despacio–, y no puedo decir que no esté algo enfadado y resentido al respecto. Y no puedo asegurarte que ese enfado y ese resentimiento no vayan a salir a la superficie alguna vez, pero ya hemos hablado de eso. No estuvo bien que me ocultases a Danny. Es un tiempo que no voy a poder recuperar. No obstante, ahora que sé que tengo un hijo, las cosas van a cambiar. Voy a formar parte de su vida y, por lo tanto, también de la tuya.

Ella estaba a sólo medio metro de él, con el vestido pegado al pecho para taparse.

–Deberías ir haciéndote a la idea –añadió–. Cuanto antes, mejor. Y hay otra cosa que deberías tener en cuenta –le dijo, cruzándose de brazos con decisión.

Vanessa no respondió. En su lugar, inclinó la cabeza y tragó saliva con dificultad mientras esperaba, nerviosa, a que Marc terminase de hablar.

–Que no hemos utilizado preservativo, lo que significa que podrías estar embarazada de nuestro segundo hijo.

Capítulo Nueve

Dios santo.

Vanessa se quedó sin aliento al oír aquello, se tambaleó.

¿En qué había estado pensando? Ya era malo que se hubiese acostado con su exmarido, pero que se le hubiese olvidado la protección era mucho peor.

Rezó porque no se hubiese quedado embarazada, porque no podía ni pensar en volver a pasar por otro embarazo inesperado, no planeado, y de su exmarido.

–No lo estoy –le dijo con toda la firmeza de la que fue capaz.

Marc arqueó una ceja.

–¿Cómo puedes estar tan segura?

–Porque no lo estoy –insistió, poniéndose el vestido.

Daba igual que no pudiese subirse la cremallera de la espalda sola, iría hasta casa sujetándoselo para que no se le cayese antes de pedirle a Marc que la ayudase.

–¿En qué estabas pensando? –inquirió, golpeando el suelo con un pie–. ¿Cómo has podido hacer… dejar que lo hiciésemos… sin tomar precauciones? No sabía que fueses tan irresponsable.

Marc se encogió de hombros. No parecía preocupado.

–¿Qué quieres que te diga? Me he dejado llevar por la pasión y por la emoción de estar contigo después de tanto tiempo.

–Venga ya –dijo ella, mientras se ponía los zapatos.

–¿Tanto te cuesta creerlo? –le preguntó él con rostro inexpresivo.

Vanessa no tenía ni idea de lo que pensaba. ¿Estaba disgustado porque no habían utilizado protección? ¿Estaba contento? ¿Enfadado? ¿Excitado? ¿Confundido?

Ella tenía náuseas. Y estaba disgustada, enfadada y confundida.

Si resultaba que se había quedado embarazada… Volvió a rezar porque no fuese así.

Si se quedaba embarazada otra vez, ya sí que no podría deshacerse jamás de Marc, que sería capaz incluso de mudarse a vivir a Summerville, o de insistir en que volviesen a casarse y en que ella volviese a Pittsburgh.

«No, no, no, no, no». Vanessa negó con la cabeza mientras miraba a su alrededor para asegurarse de que no se le olvidaba nada en aquella habitación. El bolso, el reloj, un pendiente…

–Creo que subestimas tu atractivo –comentó Marc, al parecer, ajeno a su estado.

Ella lo miró una vez más antes de darse la vuelta y dirigirse hacia la puerta.

–Vanessa.

Ya tenía la mano en el pomo, pero se detuvo. No se giró a mirarlo, pero esperó a que Marc continuase hablando.

–Te veré en la panadería mañana por la mañana a primera hora, a las ocho. Quiero que Danny esté contigo.

Ella sintió un escalofrío, no supo si de asco por tener que volver a verlo, o de alivio porque sólo le hubiese pedido aquello.

Asintió con brusquedad, abrió la puerta y salió al pasillo.

–Y quiero enterarme en cuanto te enteres tú –continuó él, haciendo que se detuviese por segunda vez.

–¿Enterarte? –repitió Vanessa.

–De si vamos a darle un hermano a nuestro hijo dentro de unos meses.

Tía Helen y Vanessa llegaron con Danny a las cinco de la mañana a La Cabaña de Azúcar. Mientras tía Helen y ella se preparaban para abrir, Vanessa intentó no pensar en él Marc, aunque no pudo evitar preguntarse cómo había podido meterse en semejante lío.

Su vida parecía haberse convertido de repente en un culebrón, y lo peor era que sabía que esas historias eran interminables.

Por desgracia, antes de que pudiese darse cuenta, los vecinos más tempraneros de Summerville estaban entrando en la panadería para desayunar. Incluso antes de que diesen las ocho, pegó la mirada a la puerta, esperando la llegada de Marc.

Pero dieron las ocho y no apareció. Las ocho y diez, y veinte, las nueve menos cuarto, y no estaba allí.

Tenía que haberse sentido aliviada, pero, en su lugar, empezó a preocuparse. Marc no solía llegar nunca tarde, y menos después de haberle advertido que iría a las ocho en punto.

Sirvió cuatro cafés y unos bollos con un ojo clavado en el reloj e intentó decidir si subir a disfrutar de unos minutos de tranquilidad al piso de arriba o llamar al hostal para preguntar por él.

A las nueve y media, no sólo había decidido llamar al hostal, sino incluso ir a buscarlo y llamar a la policía si no estaba allí, pero antes de que le diese tiempo a quitarse el delantal y pedirle a la tía Helen que se quedase al frente de la panadería, oyó la campanilla de la puerta y vio entrar a Marc con una encantadora sonrisa en el rostro.

Lo cierto era que estaba imponente. En vez de ir vestido con el habitual traje, llevaba unos pantalones de color tostado y una camisa azul con el cuello desabrochado y remangada.

Avanzó entre las mesas como si el local fuese suyo y se acercó a ella.

–Buenos días –la saludó alegremente.

–Buenos días –respondió ella con mucho menos entusiasmo–. Llegas tarde. Me dijiste que vendrías a las ocho.

Marc se encogió de hombros.

–Tenía que hacer unos recados.

Vanessa arqueó una ceja, pero no preguntó porque no estaba segura de querer conocer la respuesta.

–¿Tienes un minuto? –le preguntó él.

Vanessa calculó el número de clientes que había y asintió. Fue hacia la cocina y asomó la cabeza por la puerta.

–Tía Helen, ¿te importaría atender el mostrador un momento? Tengo que hablar con Marc.

Tía Helen terminó lo que estaba haciendo y salió, limpiándose las manos en el delantal mientras Vanessa se quitaba el suyo y lo colgaba de un gancho en la pared. Helen miró a Marc con cautela, pero, por suerte, no dijo nada.

Vanessa no le había contado lo sucedido la noche anterior con Marc. Le había hecho un breve resumen de la cena, como si hubiesen estado hablando de la panadería, de temas profesionales. No le había dicho que había subido a su habitación ni que habían perdido el control.

Sabía que eso sólo habría servido para que aumentase la animadversión que su tía sentía por Marc. Había habido una época, hacía poco tiempo, que Vanessa le había agradecido su protección y tener con quien hablar de todo lo sucedido.

Pero las cosas habían cambiado. Y no necesariamente a mejor. Marc sabía de la existencia de Danny, estaba decidido a formar parte de su vida y eso significaba que también iba a formar parte de la de ella. Para bien o para mal, tenía que encontrar la manera de hacer las paces con su exmarido, aunque fuese sólo para evitar que su vida se convirtiese en un infierno a partir de entonces.

Por eso tenía que evitar hablar mal de él delante de su tía. Probablemente, no debía haberlo hecho nunca, pero se había sentido tan dolida, tan triste, que había tenido que hablar con alguien y tía Helen había sido el hombro perfecto en el que llorar.

Marc la siguió, agarrándola por el codo, y ambos atravesaron la puerta que daba al local de al lado.

Vanessa pensó que iban allí sólo para poder hablar en privado y se le encogió el estómago de pensar en cuál sería la bomba que le lanzaría su exmarido en esa ocasión, pero en vez de detenerse en el centro del local, Marc siguió andando y la llevó hasta el escaparate, que daba a la calle.

—¿Tienes llave de esta puerta? —le preguntó, señalando la puerta de la calle.

—Sí. El dueño sabe que estoy interesada en alquilarlo y me deja utilizarlo de vez en cuando como almacén. Además, se lo enseño a otros posibles arrendatarios cuando él no puede hacerlo.

—Bien —respondió Marc sin soltarle el codo—. Voy a necesitarla.

—¿Para qué?

—Para dejar entrar a esos tipos —le dijo Marc, inclinando la cabeza en dirección a la calle—. Salvo que quieras que pasen por tu panadería con toda su suciedad y sus aparatos.

Vanessa siguió su mirada y parpadeó al ver la acera llena de hombres en vaqueros y camisas de trabajo, descargando cajas de herramientas, caballetes de serrar, maderos y varias herramientas para cortar de varios camiones que había aparcados en la curva.

–¿Quiénes son? –preguntó consternada.

–Son de la empresa de construcción.

Vanessa lo miró confundida y él no tardó en darle una explicación:

–Van a limpiar el local y a empezar a montar las estanterías y los mostradores.

–¿Qué? ¿Por qué?

La expresión de su exmarido pasó de la diversión a la exasperación.

–Forma parte del plan de ampliación, ¿recuerdas? Tenemos que reformar este local para que La Cabaña de Azúcar pueda empezar su distribución por correo, como tú habías pensado.

Ella miró a Marc y después a los trabajadores que había en la calle, otra vez a Marc, a los trabajadores… Y supo cómo se sentía un animal salvaje cuando iba a cruzar una carretera y, de repente, lo iluminaban los faros de un coche.

–No lo entiendo –dijo, sacudiendo lentamente la cabeza–. Yo no los he contratado. No pueden empezar a trabajar aquí porque todavía no he alquilado el local. No tengo el dinero.

Marc suspiró.

–¿Por qué crees que estoy aquí, Vanessa? Además de para pasar tiempo con Danny. ¿Te acuerdas de lo que hablamos anoche?

Vanessa se acordaba muy bien de todo lo ocurrido la noche anterior. Y se acordaba de que no había utilizado preservativo, y de que se estaba tomando la píldora, así que podía volver a estar embarazada. El resto de recuerdos estaban un poco más borrosos, en especial, en esos momentos.

Uno de los obreros se acercó a la puerta. Marc le hizo un gesto con la mano, indicándole que esperase uno o dos minutos, el hombre asintió y volvió a su camión.

–Ya me he ocupado yo, ¿de acuerdo? –le dijo después a Vanessa–. He hablado con el dueño del local de las reformas que queremos hacer. Estará alquilado a tu nombre, y el contrato incluirá un permiso para realizar las obras que estimemos oportunas para la ampliación de tu negocio. Brian está ocupándose de redactarlo y lo tendrá listo hoy mismo. También me va a dar una copia de la llave, pero, por ahora, necesito la tuya.

–Pero… Si Brian todavía no ha hablado con el señor Parsons, ¿cómo sabes que va a acceder a alquilarnos, a alquilarme el local?

–Vanessa –le dijo él despacio, con firmeza, como si estuviese hablando con un niño pequeño–. Ya me he ocupado de todo. El local está en alquiler, Brian va a alquilarlo. ¿Qué más necesitas saber?

Vanessa empezó a entenderlo. Empezó a darse cuenta de cuál era la situación y de que Marc estaba decidido a quedarse en el pueblo.

–Deja que lo adivine, el dinero no es un problema –dijo, intentando imitar su voz–. Le has dicho a Brian qué es lo que quieres, sin límite de gastos, y él hará lo que sea necesario para que puedas salirte con la tuya.

Él le soltó el codo y puso los brazos en jarras, suspiró con frustración.

–¿Qué hay de malo en eso? –quiso saber.

Y ella deseó poder guardar silencio. Deseó que no le importase que estuviese utilizando su dinero y su prestigio para ayudarla a ampliar la panadería.

En el pasado, aquel poder y aquella seguridad habían llegado a impresionarla, en ese momento, la ponían nerviosa.

–No quiero estar en deuda contigo, Marc –le confesó–. No quiero deberte nada, ni saber que La Cabaña de Azúcar ha crecido y tiene éxito porque has llegado tú al pueblo para ayudarme con tu dinero.

–¿Por qué te importa tanto de dónde proceda el dinero? Lo importante es que vas a tener el espacio suficiente para expandir el negocio.

Ella sacudió la cabeza y se cruzó de brazos, retrocedió un paso.

–No lo entiendes. Claro que importa, porque si llegas aquí con la chequera en la mano y llevándote por delante a quien se interponga en tu camino, entonces ya no es mi negocio. Es otra insignificante adquisición de Keller Corporation.

Marc se cruzó de brazos también.

–No me digas eso. Le pediste a Brian Blake que te buscase un inversor. Así que tu problema no es que yo llegue con la chequera en la mano, sino que es mi chequera.

–Por supuesto –admitió ella con frustración–. Ya hemos pasado por esto antes, Marc. El dinero, la influencia, que todo el mundo se ponga firme sólo porque te apellidas Keller.

Vanessa descruzó los brazos y se llevó las manos a la cara un minuto, intentando calmar sus pensamientos y su ira. Cuando las bajó, pudo hablar con más tranquilidad:

–No me malinterpretes. Al principio, me gustaba. Disfrutaba del nivel de vida que tenía siendo tu esposa. Las fiestas, la ropa, no tener que preocuparme por llegar a fin de mes.

Sí, después de tener que luchar y trabajar duro para salir adelante, había estado bien casarse con un hombre con dinero.

–Pero no tienes ni idea de lo que es ser tu esposa y vivir bajo tu techo sin ser realmente una Keller.

Él frunció el ceño, confundido.

–¿De qué estás hablando? Por supuesto que eras una Keller. Eras mi esposa.

–Pues no todo el mundo pensaba igual –le dijo ella, recordando todas las ocasiones en las que la madre de Marc le había recordado que sólo se apellidaba Keller porque se había casado con él.

–Lo siento –contestó Marc, alargando los brazos hacia ella, pero bajándolos antes de llegar a tocarla–. Jamás pretendí hacerte sentir una extraña.

Y Vanessa se sintió culpable al ver dolor en su rostro. Abrió la boca para decirle que había sido su madre la que la había ofendido, pero un golpe en el cristal los sobresaltó a ambos.

El mismo obrero que un rato antes, al parecer, el jefe de la cuadrilla, puso gesto impaciente y se golpeó el reloj.

Marc le pidió con la mano que esperase un segundo y luego se volvió hacia ella.

–Voy a necesitar la llave.

Ella se humedeció los labios y tragó saliva. Había estado a punto de tener una conversación adulta y sincera con su exmarido. Había estado a punto de reunir el valor suficiente para contarle la verdad de por qué lo había dejado. En el pasado, había intentado decirle muchas veces cómo la trataban, que la hacían sentirse como a una extraña en su propia casa, pero jamás había sido capaz.

Una parte de ella pensaba que, si Marc la hubiese querido lo suficiente, si la hubiese entendido, habría comprendido lo que intentaba decirle sin necesidad de expresarle su creciente infelicidad. En esos momentos se dio cuenta de que no podía esperar que nadie le leyese la mente.

Deseó haber tenido la valentía necesaria para habérselo contado entonces. Tal vez las cosas hubiesen salido de otra manera.

Pero todo aquello era ya agua pasada y su última oportunidad de sincerarse con él acababa de irse al traste gracias a aquel obrero.

Volvió a humedecerse los labios y asintió.

–Iré a por la llave –le dijo, dándose la vuelta para volver a la panadería.

Capítulo Diez

–Te prometo que con tanto jaleo me están entrando ganas de meterme yo en ese horno.

Vanessa levantó la cabeza de los pequeños montones de masa que estaba salpicando de pasas para mirar a tía Helen, que estaba metiendo una bandeja en el horno industrial. Lo cerró con un golpe seco.

No había sido fácil acostumbrarse a los ruidos y al ir y venir de los obreros. Vanessa se había disculpado muchas veces con los clientes y también había puesto un par de carteles pidiendo perdón por las molestias y los ruidos. Por suerte no estaba entrando polvo en la panadería, pero los clientes ya no podían disfrutar tranquilamente de un té y un pastel.

–Terminarán pronto –tranquilizó a su tía, repitiendo la frase que el capataz había estado diciéndole a ella toda la semana anterior.

Teniendo en cuenta que la reforma estaba progresando mucho, tenía la esperanza de que pudiese estar terminada en tan sólo una o dos semanas más.

–Y tienes que admitir que es todo un detalle que Marc esté haciendo todo esto por nosotras.

Tía Helen resopló.

–No te engañes, cariño. No lo hace por nosotras.

Lo hace por él mismo, y para tenerte dominada, y tú lo sabes.

Vanessa no respondió, sobre todo, porque pensaba que su tía tenía razón. No le cabía la menor duda de que Marc no estaría allí si no tuviese algo que ganar.

Quería estar cerca de Danny y, de hecho, pasaba casi todas las noches en casa de tía Helen con ellos. Marc ayudaba a dar la cena a Danny, lo bañaba y lo acostaba. Había insistido en que Vanessa lo enseñase a cambiarle el pañal y lo hacía casi tantas veces como ella. Jugaba con el niño en una manta en el suelo, lo paseaba, lo llevaba al parque, aunque fuese demasiado pequeño para disfrutarlo realmente.

Era todo tan natural, tan... agradable.

Pero tal y como le acababa de recordar tía Helen, no debía olvidar que todo lo que Marc hacía, lo hacía por algo. Quería conocer a su hijo, cosa comprensible e incluso aparentemente inocente.

Pero también era posible que tuviese otros motivos.

En esos momentos, Marc estaba utilizando la reforma y la ampliación de la panadería como excusa para estar cerca de su hijo y para ocupar su tiempo mientras Danny se echaba sus frecuentes siestas, pero ¿qué ocurriría después?

¿Qué pasaría cuando decidiese que ya conocía a Danny lo suficiente y quisiese llevárselo a Pittsburgh para que ocupase el lugar que debía ocupar en el árbol genealógico de la familia Keller?

¿Qué ocurriría cuando se aburriese de la ampliación de La Cabaña de Azúcar y de la vida de Summerville?

¿Y por qué se molestaba ella en hacerse esas preguntas cuando ya conocía las respuestas?

Durante las dos últimas semanas, Marc le había recordado más que nunca al hombre del que se había enamorado. Había sido amable y generoso, dulce y divertido. Le abría las puertas para que pasase, se prestaba voluntario a recoger la mesa después de las comidas y llevaba a su hijo a dormir.

Y la tocaba. No de manera abierta ni sexual, sólo un roce con los dedos de vez en cuando, en el brazo, en el dorso de la mano, en la mejilla al apartarle un mechón de pelo de la cara y metérselo detrás de la oreja.

Ella intentaba no darle demasiada importancia a aquellos pequeños gestos, pero no podía evitar que se le acelerase el corazón. Tía Helen se había quejado más de una vez de que en casa o en panadería hacía demasiado frío, pero cuando la presencia y las constantes atenciones de Marc hacían que a Vanessa le subiese la temperatura, lo único que podía hacer para luchar contra ello era poner el aire acondicionado.

Marc empujó las puertas de la cocina y a ella estuvo a punto de caérsele la cuchara que tenía en la mano.

Volvió a subirle la temperatura, notó que se ruborizaba y que empezaba a sudar. Al menos en esa ocasión podría echarle la culpa a los hornos y al trabajo.

–Cuando tengas un minuto –le dijo Marc–, deberías venir a ver qué opinas. La reforma está casi terminada y los obreros quieren saber si quieres que hagan algo más antes de marcharse.

–Ah –dijo ella, levantando la cabeza.

Había pasado a ver la obra un par de veces, pero no había querido molestar. Además, Marc había estado tan pendiente de todo que, en realidad, su presencia y opiniones no habían sido necesarias.

Pero en esos momentos, con la reforma casi terminada, se puso nerviosa y tuvo ganas de ver cómo había quedado. Quería empezar a imaginarse trabajando allí, metiendo en cajas las delicias que enviaría por correo, supervisando a los trabajadores que tendría que contratar, si es que su idea tenía tanto éxito como esperaba.

Miró un segundo a tía Helen, dejó la cuchara en el cuenco que tenía delante y se limpió las manos en un paño limpio.

–¿Te importa? –le preguntó a Helen.

–Por supuesto que no. Ve, cariño –le dijo ésta, acercándose para continuar con las galletas–. Yo terminaré esto y, cuando vuelvas, tal vez sea yo la que vaya a echar un vistazo.

Vanessa sonrió y le dio un beso a su tía en la mejilla, luego se quitó el delantal y siguió a Marc. Oyó los martillazos antes de llegar a la puerta del local de al lado, pero ya casi se había acostumbrado, lo mismo que sus clientes habituales.

Marc le abrió la puerta que comunicaba la panadería con el otro local y apartó la lámina de plástico grueso que habían puesto delante de ella para evitar que pasase el polvo.

Vanessa entró delante de él y suspiró al mirar a su alrededor. El local estaba precioso. Jamás lo habría imaginado así.

Las paredes estaban llenas de estanterías a varias alturas y de varios tamaños. Habían arreglado también el suelo y el techo y la pintura hacía juego con la de La Cabaña de Azúcar.

–¡Oh! –gritó Vanessa.

–¿Tiene tu aprobación? –le preguntó Marc en tono divertido.

Y ella estaba segura de que se había dado cuenta de que le temblaban las manos y tenía los ojos llorosos de la emoción, pero aun así consiguió decirle en un susurro:

–Es increíble.

Giró sobre sí misma para volver a verlo todo y su asombro creció todavía más. No se paró a pensar cómo había sido posible ni de cuánto habría costado. Sólo sabía que disponía de ese local para ampliar el negocio de su vida.

Dio un gritito, abrazó a Marc y lo apretó con fuerza. Él la rodeó con ambos brazos por la cintura casi inmediatamente.

–Gracias –murmuró Vanessa–. Es perfecto.

Cuando se apartó, vio que Marc tenía una expresión extraña en el rostro, pero entonces se acercó a ellos el capataz, tan oportuno como siempre.

–Parece que le gusta cómo ha quedado –comentó con una sonrisa, dirigiéndose a Marc.

Teniendo en cuenta que Vanessa todavía estaba abrazando a su exmarido, era fácil llegar a esa conclusión. De repente, sintió vergüenza, se aclaró la garganta y retrocedió para poner una distancia más respetable entre ambos.

–Sí, parece que le gusta –respondió Marc.

–Jamás habría imaginado algo así –les dijo ella a los dos hombres–. A pesar de haber visto los planos, no pensé que iba a quedar tan bien.

–Me alegro de que le guste. Si quiere que hagamos algo más, o que cambiemos algo, hágamelo saber. Estaremos aquí terminando algunos detalles.

Vanessa no quería cambiar nada, pero mientras los dos hombres hablaban de negocios, se dio un paseo por el local. Admirando, tocando, llenando mentalmente las estanterías e imaginándose trabajando detrás de los mostradores. Le encantaba la moldura de los techos, que era igual que la de la panadería y hacía que sintiese aquel lugar como suyo.

¡Suyo!

Bueno, suyo y de tía Helen. Y de Marc o del banco, dado que alguien iba a tener que pagarlo.

Aunque se había resistido a atarse de aquel modo a su exmarido, no podía negar que le había dado algo que nadie más le habría dado, y en un tiempo récord.

Oyó pisadas detrás de ella y se giró. Era Marc.

–Dejarán esto limpio y se marcharán en un par de horas. Y los ordenadores llegarán mañana.

Vanessa se agarró las manos. Estaba tan emocionada que casi no podía contenerse.

Necesitaría una página web... y alguien que la diseñase y la mantuviese, ya que ella no sabía hacerlo. También necesitaría envases y abrir una cuenta con una empresa de transporte fiable, necesitaría etiquetas y, probablemente, hasta un catálogo.

Tenía tantas cosas por hacer. Más, tal vez, de las que había pensado.

De repente sintió miedo y notó que le costaba respirar. No podía hacer aquello. Era demasiado. Ella era sólo una persona, aunque contase con la ayuda de tía Helen.

–Sé que tienes mucho que hacer –le dijo Marc, interrumpiendo sus alarmados pensamientos y permitiendo que algo de oxígeno volviese a entrar en sus pulmones–, pero antes de que empieces a preocuparte, hay algo de lo que me gustaría hablar contigo.

Ella respiró hondo y se obligó a relajarse. Cada cosa a su tiempo, iría paso a paso. Había llegado hasta allí y podría seguir adelante... aunque tardase meses en conseguir lo que un Keller rico y poderoso había hecho en tan sólo una noche.

–De acuerdo.

–Tengo que volver a casa por motivos de trabajo.

–Ah –dijo ella sorprendida.

Se había acostumbrado tanto a tenerlo allí que la noticia la pilló desprevenida. Era irónico, después de lo mucho que había deseado que volviese a Pittsburgh al verlo llegar. En esos momentos, le era difícil imaginarse la panadería, o su vida diaria, sin él.

Intentó no pensar en aquello y asintió.

–De acuerdo. Lo entiendo. Además, ya has hecho más que suficiente durante tu estancia aquí.

Se contuvo antes de darle las gracias porque, en realidad, no le estaba haciendo ningún favor. Había sido muy generoso, pero no lo había hecho de corazón. Lo mejor sería aceptar lo que le había dado y dejar que se marchase a Pittsburgh antes de que le ocurriese pedirle algo a cambio.

Marc sonrió y a ella se le aceleró el corazón.

–¿Qué? –preguntó, retrocediendo ligeramente.

–Crees que voy a recoger y me voy a marchar sin más, ¿no?

Sí, ésa era la esperanza que había tenido.

–Está bien. Lo entiendo –repitió ella–. Todo esto es maravilloso. Tía Helen y yo nos ocuparemos de empezar el nuevo negocio.

Él sonrió todavía más y Vanessa sintió miedo.

–Estoy seguro de que lo haréis muy bien, pero el lanzamiento tendrá que esperar a que volvamos.

Vanessa parpadeó sorprendida e intentó asimilar sus palabras.

–¿A que volvamos?

Marc asintió.

–Quiero que Danny y tú vengáis conmigo a Pittsburgh para poder presentar al niño a mi familia.

Capítulo Once

–No.

Vanessa se dio la media vuelta y se alejó, dejando a Marc allí solo.

Era evidente que éste no había esperado verla saltar de alegría con la idea de acompañarlo a Pittsburgh, pero había pensado que, al menos, sería razonable al respecto.

Suspiró resignado y la siguió hasta la panadería. No la vio, debía de haberse metido en la cocina, lo que significaba que se había marchado casi corriendo.

Levantó la mano para empujar la puerta, pero ésta se movió bruscamente hacia él, dándole casi en la cara. Tía Helen abrió mucho los ojos, sorprendida al verlo, pero no dijo nada, se limitó a levantar la barbilla y a dirigirse hacia el mostrador.

Marc entró en la cocina y encontró a Vanessa donde había imaginado que estaría, delante de una de las islas centrales, trabajando. Era evidente que estaba nerviosa porque sus movimientos eran bruscos y tenía la espalda muy recta.

–Vanessa –empezó, dejando que la puerta se cerrase tras de él.

–No –espetó ella–. No, Marc, no –repitió con fervor–. No voy a volver a Pittsburgh contigo. No voy a entrar en ese museo que tú llamas casa ni voy a volver a ver a tu madre, que me mirará por encima del hombro, como ha hecho siempre. ¿Acaso crees que será menos crítica cuando se entere de que he tenido un hijo fuera del matrimonio? El hecho de que Danny sea tuyo será irrelevante. Me criticará por no habértelo contado. Me acusará de haberme divorciado a pesar de saber que iba a tener un hijo tuyo, de haberte privado a ti de estar con tu hijo y, a ella, de estar con su nieto. O de haber ocultado al mundo la existencia de otro increíble y maravilloso descendiente de la familia Keller. O eso, o dirá que Danny no es un Keller en realidad –añadió–, ya que siempre me ha acusado de ser una golfa. O dirá que no puede ser su heredero porque no estábamos casados cuando nació.

Negó con la cabeza.

–No voy a ir, Marc. No pienso pasar por todo eso otra vez y no voy a permitir que mi hijo lo haga.

Marc apretó la mandíbula.

–También es mi hijo, Vanessa –espetó.

–Sí –admitió ella–, y por eso tú también deberías protegerlo. De todo, y de todos. Danny es inocente. Y no permitiré que nadie le haga pensar que no es perfecto o que no es maravilloso. Jamás. Ni siquiera su abuela.

Marc puso los brazos en jarras e inclinó la cabeza.

–No tenía ni idea de que la odiases tanto –murmuró.

–Fue horrible conmigo –le dijo Vanessa–. Me amargó la vida mientras estuvimos casados.

Marc estuvo un minuto en silencio, intentando asimilar aquellas palabras.

¿De verdad había sido su madre tan mala con ella, o estaba exagerando? Sabía que algunas mujeres no se llevaban bien con las familias de sus maridos y que la relación entre suegra y nuera era a menudo mala.

Era cierto que su madre no era la persona más cariñosa del mundo, ni siquiera lo había sido con sus propios hijos, pero ¿de verdad había sido tan cruel con Vanessa cuando él no había estado presente?

–Siento que pienses así –le dijo con cautela–, pero tengo que volver. No por mucho tiempo, sólo unos días, tal vez una semana. Y me gustaría llevarme a Danny.

Al oír aquello, Vanessa abrió la boca y Marc supo que iban a seguir discutiendo.

–No puedes impedirme que me lo lleve –se le adelantó–. Es mi hijo y lo has mantenido oculto, de mí y de mi familia, durante mucho tiempo. Creo que merezco llevármelo a casa unos días.

Inclinó la cabeza y la miró fijamente a los ojos.

–Y ambos sabemos que no necesito tu permiso –añadió.

–¿Me estás amenazando con quitármelo? –le preguntó ella en voz baja.

–¿Hace falta que lo haga? –respondió él en el mismo tono.

Ella mantuvo la boca cerrada, le brillaban los ojos de la emoción.

—Serán sólo unos días —volvió a asegurarle, sintiendo la necesidad de aplacar su miedo y de borrar las lágrimas de sus ojos—. Una semana como mucho. Y tú puedes acompañarnos, para echarnos un ojo a los dos. ¿Por qué creías que te había invitado?

Vanessa se humedeció los labios y tragó saliva.

—Me vas a obligar a hacerlo, ¿verdad? —inquirió con voz temblorosa.

—Voy a hacerlo, con o sin ti. El papel que quieras desempeñar en esta situación y lo cerca que quieras estar de Danny es decisión tuya.

Ella lo miró como queriéndole decir que, en realidad, no tenía elección, pero Marc tenía claro que no iba a marcharse de allí sin su hijo.

Además, no quería separarse de Danny ni siquiera unos días. Tal vez fuesen pocos, pero se había acostumbrado a estar cerca de su hijo todos los días.

Y suponía que le ocurría lo mismo con respecto a alejarse de Vanessa, pero nunca había puesto en duda la atracción que sentía por ella.

Tenía que pensar primero en su hijo. Y aunque jamás habría causado tanto nerviosismo o disgusto a su mujer intencionadamente, no estaba seguro de que no fuese capaz de salir huyendo de allí con Danny en cuanto él se hubiese marchado a Pittsburgh.

Eso significaría dejar a su tía y la panadería, pero ya le había ocultado la existencia de Danny una vez. ¿Cómo podía estar seguro de que no intentaría robárselo en esa ocasión?

Y luego estaba la posibilidad de que volviese a estar embarazada. Hasta que él no estuviese seguro de si lo estaba o no, no quería apartarse de ella.

Lo que significaba que si él no podía quedarse en Summerville y estar pendiente de Danny y de ella en todo momento, tendría que llevarse a Danny con él a Pittsburgh. Vanessa podía acompañarlos o no, pero si Danny estaba con él, no se marcharía de allí.

–Eso es chantaje –balbució Vanessa.

Él arqueó una ceja y contuvo las ganas de echarse a reír.

–Yo no lo llamaría así.

–Y, entonces, ¿cómo lo llamarías?

–Paternidad –le respondió Marc–. Sólo estoy ejerciendo mis derechos como padre. Sabes cuáles son, ¿no? Los que me negaste durante todo el año pasado ocultándome la existencia de Danny.

No había pretendido hablar con aquella amargura, pero no había podido evitarlo.

–No voy a permitir que te lleves a Danny a ninguna parte sin mí –insistió Vanessa.

Lo que quería decir que iría con él, aunque fuese a regañadientes.

–Si puedes estar preparada mañana, nos iremos alrededor del mediodía.

–No sé si voy a poder marcharme tan pronto.

–Vale, entonces nos iremos sobre la una.

***

Lo último que quería Vanessa era marcharse de Summerville y dejar la tranquila vida que se había construido para volver a la guarida del león. Tal vez fuese sólo temporal, pero, fuesen a estar en Pittsburgh cinco días o sólo uno, cada minuto le iba a parecer una eternidad.

Por eso no se apresuró a hacer las maletas. Se tomó su tiempo en hablar de su ausencia con tía Helen y en buscar a un par de empleados que la cubriesen, para que La Cabaña de Azúcar siguiese funcionado en su ausencia.

Luego pidió ayuda a Marc para recoger todas las cosas que necesitarían para Danny, aunque fuese para un viaje corto. Estaba segura de que Marc no tenía ni idea de lo que significaba viajar con un bebé.

Mientras decidía qué ropa llevarse, le encargó recoger la ropa y los juguetes de Danny, que se asegurase de que tenían suficientes pañales y toallitas, biberones y leche. Mantas, patucos, sombreros, crema solar y más cosas.

Vanessa fue añadiendo cada vez más cosas a la lista y ocultó su diversión al ver que Marc empezaba a protestar y le recordó que ir a Pittsburgh había sido idea suya, y que podían evitarse todo el día si Danny y ella se quedaban en Summerville.

Cada vez que mencionaba la posibilidad de cancelar el viaje, Marc apretaba la mandíbula y seguía recogiendo cosas de Danny en silencio.

A la una del día siguiente, ya que Vanessa no había conseguido posponer el viaje más, estaban preparados para salir. Danny estaba en su sillita, dando patadas y mordiendo sus llaves de plástico mientras Marc esperaba al lado de la puerta del copiloto. Unos pasos más allá, en la acera, estaban Vanessa y tía Helen, agarradas de las manos.

–¿Estás segura de que quieres hacerlo? –le preguntó su tía en voz baja.

Estaba segura de que no quería hacerlo, pero no podía decirlo, en parte porque había accedido a acompañar a Marc y, en parte, porque no quería que su tía se preocupase.

–Estoy segura –mintió–. Estaré bien. Marc sólo quiere presentarle a Danny a su familia y ocuparse de unos negocios familiares. Volveremos al final de la semana.

Tía Helen arqueó una ceja.

–Eso espero. No dejes que se te lleven otra vez, cariño –añadió–. Ya sabes lo que ocurrió la última vez. No permitas que suceda de nuevo.

A Vanessa se le hizo un nudo en el estómago, tan grande que casi no podía tragar. Abrazó a su tía con fuerza y esperó a poder hablar.

–No lo haré –le prometió, conteniendo las lágrimas.

Cuando por fin se sintió con fuerzas de soltar a su tía, se giró hacia donde estaba Marc. Aunque sabía que estaba deseando emprender el viaje, su expresión no revelaba qué pensaba o sentía en esos momentos.

–¿Lista? –le preguntó con naturalidad.

Ella sólo pudo asentir antes de subirse al coche.

116

Cerró la puerta y se abrochó el cinturón de seguridad mientras él daba la vuelta al vehículo.

Vanessa bajó la visera que tenía delante y utilizó el espejo para comprobar que Danny estaba bien e intentó ignorar la arrolladora presencia de Marc detrás del volante.

¿Cómo se le podía haber olvidado lo pequeños que eran los coches? Incluso aquel Mercedes espacioso le resultaba tan pequeño que casi no podía ni respirar.

Marc se abrochó el cinturón, metió la llave en el contacto y el motor cobró vida. En vez de poner el coche en movimiento inmediatamente, se quedó allí sentado un momento. Vanessa se giró a mirarlo.

–¿Ocurre algo? –le preguntó.

Tal vez se le hubiese olvidado algo, aunque eso era difícil, dado que sólo les había faltado meter en la maleta el fregadero de la cocina. Ya no cabía nada más en el maletero ni en el asiento trasero.

–Sé que no quieres hacer esto –le dijo él, mirándola a los ojos–, pero todo va a ir bien.

Ella le mantuvo la mirada unos segundos y notó que se le volvía a hacer el nudo en la garganta. Luego asintió antes de volver a mirar hacia delante.

Estaba completamente segura que aquella visita a la familia de Marc sólo podía terminar en desastre.

Capítulo Doce

El viaje a Pittsburgh fue mucho más rápido de lo que a Vanessa le habría gustado. Antes de que se diese cuenta, estaban recorriendo el largo camino que llevaba a la mansión de los Keller.

El corazón se le aceleró y notó que se le revolvía el estómago, y le dio miedo ponerse a vomitar.

«No vomites, no vomites, no vomites», se repitió a sí misma, respirando hondo y rezando por que le funcionase el mantra.

Marc detuvo el coche delante de la enorme puerta de la cochera y, unos segundos después, apareció un joven que abrió la puerta del copiloto y le tendió una mano a Vanessa para ayudarla a salir. Luego abrió la puerta trasera para que ésta pudiese ver a Danny. Era evidente que Marc había llamado para avisar a su familia de su llegada.

Marc fue a la parte trasera del coche y abrió el maletero, luego le dio las llaves al chico.

–Traemos muchas cosas –le dijo, sonriendo de medio lado–. Súbelo todo a mis habitaciones.

Vanessa abrió la boca para corregirlo. Marc sólo había llevado una bolsa de viaje y el resto de cosas que había en el coche eran de Danny y de ella. Y no tenían nada que hacer en las habitaciones de Marc.

Pero éste debió de verla venir, porque le puso el dedo índice en los labios para que no hablase.

–A mis habitaciones –repitió en voz baja, para que sólo ella pudiese oírlo–. Danny y tú os alojaréis conmigo mientras estemos aquí. Y no rechistes.

Ella volvió a abrir la boca para hacer precisamente eso, rechistar, pero él se lo impidió con un rápido beso.

–No rechistes –repitió con firmeza–. Será mejor para todos. Confía en mí, ¿de acuerdo?

Pero, desde su divorcio, Vanessa no quería confiar en él ni escucharlo ni tampoco creer lo que le decía.

Pero lo cierto era que confiaba en él. Estaría incómoda compartiendo habitaciones con él, pero teniendo en cuenta dónde estaban dichas habitaciones, en la temida mansión de los Keller, tal vez fuese más seguro que estar sola en otra habitación. Además, como durante su matrimonio habían vivido en las mismas habitaciones, al menos el lugar le resultaría familiar.

–De acuerdo –murmuró.

–Bien –respondió él contento antes de sacar a Danny de la sillita y apretarlo contra su pecho–. Ahora vamos a presentarle a nuestro hijo al resto de su familia.

Vanessa volvió a sentir náuseas al oír aquello, pero Marc le tomó la mano y el calor de sus dedos la tranquilizó. O casi. Todavía estaba muy nerviosa cuando entraron en la casa.

El suelo de la entrada principal brillaba como el

del vestíbulo de un gran hotel. La lámpara de araña estaba encendida y, en el centro, encima de una mesa de mármol, había un enorme arreglo floral. Detrás estaba la escalera que llevaba al segundo piso.

Todo estaba igual que cuando Vanessa se había marchado. Incluso las flores eran las mismas. Eran otras, por supuesto, porque Eleanor las hacía cambiar todos los días, pero se trataba del mismo tipo de flores, de los mismos colores, del mismo arreglo.

Había estado fuera de allí un año. Un año en el que toda su vida había cambiado, pero si en aquella casa no habían cambiado ni las flores, no cabía la esperanzada de que nada, ni nadie, lo hubiese hecho en aquella mansión.

No llevaban abrigos, así que el mayordomo que les había abierto la puerta fue hacia un lado de la escalera, probablemente a avisar a la señora de su llegada. Unos segundos después, el hombre volvió para ayudar al joven que estaba subiendo el equipaje a las habitaciones de Marc.

En cuanto hubieron desaparecido ambos en el piso de abajo, Eleanor salió de su salón favorito.

—Marcus, querido —saludó a Marc, sólo a Marc.

A Vanessa se le aceleró el corazón al oír la voz de su exsuegra y rezó en silencio para tener fuerza y paciencia para soportar aquella agonizante visita.

Su exsuegra iba vestida con una falda y una chaqueta color beis y una camisa blanca, conjunto que debía de costar más de lo que ella ganaba en La Cabaña de Azúcar en todo un mes. Tenía el pelo castaño y un perfecto corte bob, e iba a adornada con pendientes, collar, broche y anillo de diamantes, todos a juego. Eleanor Keller jamás se pondría una circonita ni nada parecido.

–Madre –respondió Marc, inclinándose para darle un beso en la mejilla–. Quiero que conozcas a tu nieto, Daniel Marcus.

Eleanor hizo una mueca que Vanessa sospechó que quería que fuese una sonrisa.

–Encantador –comentó, sin molestarse siquiera en tocar al niño. Se limitó a mirarlo de los pies a la cabeza.

Vanessa se puso tensa, ofendida en nombre de su hijo, aunque pronto la miraría a ella y podría ofenderse por sí misma.

–No sé en qué estabas pensando –espetó Eleanor–, ocultando a mi hijo la existencia de este niño durante tanto tiempo. Deberías habérselo dicho en cuanto te enteraste de que estabas embarazada. No tenías ningún derecho a quedarte con un heredero de la familia Keller.

«Ya ha empezado», pensó Vanessa, nada sorprendida. Tampoco se sentía ofendida, aunque sabía que en cierto modo tenía motivos. Probablemente porque la reacción de Eleanor a su reaparición era la esperada.

–Madre –replicó él en un tono en el que Vanessa jamás lo había oído hablar.

Vanessa se giró a mirarlo y le sorprendió verlo tan enfadado.

–Ya hablamos de esto cuando te llamé –continuó él–. Las circunstancias del nacimiento de Danny son sólo asunto de Vanessa y mío. No permitiré que la insultes mientras esté aquí. ¿Entendido?

Vanessa vio sorprendida cómo Eleanor apretaba los labios.

–Entendido –respondió–. La cena se servirá a las seis en punto. Os dejaré que os instaléis. Y por favor, recordad que en esta casa nos arreglamos para cenar.

Miró a Vanessa con desprecio y se dio la media vuelta para marcharse.

Vanessa dejó escapar un suspiro y murmuró:

–Ha ido bien.

Pretendía decirlo en tono sarcástico, pero Marc sólo sonrió.

–Te lo dije –comentó, levantando a Danny un poco más–. Vamos a deshacer las maletas. Creo que a Danny le vendría bien una siesta.

Ella alargó la mano para acaricia la cabeza de su hijo.

–No debería estar cansado, ha dormido en el coche.

Marc sonrió.

–No me había dado cuenta.

Ella rió, no pudo evitarlo. Aquél era el Marc que había conocido cuando habían empezado a salir: divertido, amable, considerado… y tan guapo que le cortaba la respiración.

Sintió calor cuando le dio la mano y echó a andar escaleras arriba.

¿Cómo podía sentirse tan bien estando tan cerca

de Marc al mismo tiempo que se sentía tan mal estando en aquella casa?

Marc vio cómo Vanessa iba y venía por sus habitaciones, preparándose para la cena. Danny estaba durmiendo en el salón, en una cuna que él había mandado instalar.

Pero era la presencia de su exesposa la que hacía que tuviese el estómago encogido. Le gustaba volver a tenerla allí.

No estaba seguro de que se tratase de tenerla allí, en la casa de su familia, sino de tenerla con él, en su dormitorio, estuviese donde estuviese esa habitación.

La había echado de menos. Había echado de menos ver sus cosas encima de la mesa y en el cuarto de baño, su ropa en el armario, el olor de su perfume en las sábanas.

Había echado de menos verla, así, yendo de un lado a otro, peinándose, maquillándose o escogiendo qué joyas ponerse.

Era evidente que no tenía tantas joyas como cuando había estado casada con él, pero sus movimientos eran los mismos. Incluso llevaba su perfume favorito, probablemente porque había dejado un frasco en el tocador al marcharse, y Marc no había podido deshacerse de él.

En esos momentos, se alegraba mucho. Se lo había regalado a Vanessa por su cumpleaños. Hacía mucho tiempo. Pero el hecho de que hubiese vuelto a utilizarlo, de que estuviese allí con él, y de que, al parecer, confiase en él... le hizo preguntarse si podrían solventar sus diferencias y darse otra oportunidad.

–¿Qué tal estoy? –le preguntó ella de repente, interrumpiendo sus pensamientos.

–Preciosa –respondió Marc sin pararse a pensarlo, sin tan siquiera tener que mirarla. Aunque lo hizo. Mirarla siempre era un placer.

Llevaba un sencillo vestido de tirantes amarillo y sandalias, y se había recogido el pelo detrás de las orejas. Marc se excitó al verla, se humedeció los labios con la lengua y deseó poder lamerla como si se tratase de un dulce polo de limón.

La mirada de Vanessa se tornó misteriosa y sonrió de manera sensual antes de frotarse las manos en la falda.

–¿Estás seguro? Ya sabes cómo es tu madre y no he traído nada más elegante. Tenía que haberme acordado de que aquí hay que arreglarse para cenar.

Tomó aire, lo soltó y volvió a pasarse las manos por la falda con un gesto nervioso.

–Aunque, de todos modos, ya no tengo vestidos elegantes, así que no habría podido traérmelos ni aunque hubiese querido. Pensé que tal vez todavía estaría aquí la ropa que dejé, pero...

Dejó de hablar y apartó la mirada de la de Marc. Marc se sintió culpable.

–Lo siento. Mi madre hizo que se la llevasen toda cuando te marchaste. Yo tampoco esperaba que fueses a volver, así que no guardé nada.

Lo cierto era que guardar cosas de Vanessa le habría resultado demasiado doloroso. De hecho, había firmado los papeles del divorcio más bien movido por la ira que por el deseo de ser libre otra vez.

No tenía que haber permitido que su madre se deshiciese de las cosas de Vanessa, se dio cuenta en ese momento. Tenía que haber sido él quien tomase la decisión, tenía que haber buscado a su exesposa para ver si quería conservar algo, pero por aquel entonces sólo había querido deshacerse de todo y se había sentido casi aliviado cuando su madre le había dicho que se ocuparía ella.

Lo único que había quedado había sido el frasco de perfume.

–Estás preciosa –repitió, avanzando para acercarse a ella y agarrarla de los hombros–. Y no hemos venido a impresionar a nadie. Ni siquiera a mi madre –añadió sonriendo.

Vanessa esbozó una sonrisa y Marc se inclinó para darle un suave beso.

Sólo tocó sus labios, en vez de devorárselos, que era lo que deseaba. Sólo le rozó la piel de los hombros, en vez de meter las manos por debajo del vestido.

El beso duró un par de segundos y luego Marc se apartó antes de que su deseo se hiciese demasiado obvio.

–Tal vez debiésemos saltarnos la cena y pasar directamente al postre –comentó en voz baja.

–No creo que a tu madre le gustase la idea.

A Marc le gustó oír que a Vanessa también se le había puesto la voz ronca. Eso significaba que no era el único en sentir deseo.

–No me importa lo más mínimo –murmuró.

–Ojalá pudiésemos hacerlo, aunque creo que es una mala idea. Cualquier cosa sería mejor que tener que enfrentarme a tu madre otra vez.

Marc frunció el ceño. ¿Estaba sugiriendo Vanessa que hacer el amor con él sería sólo menos malo que cenar con su familia?

Antes de que le diese tiempo a responder llamaron a la puerta.

–Debe de ser la niñera –dijo, intentando ocultar su decepción.

–¿Has contratado a una niñera? –preguntó Vanessa en tono de sorpresa y desaprobación.

–No, es una de las sirvientas de mi madre, que va a quedarse con Danny un par de horas. Es una buena idea, ¿no?

Vanessa frunció el ceño.

–No lo sé. ¿Se le dan bien los niños?

–No lo sé –admitió él, repitiendo su frase–. Vamos a abrirle la puerta y le haremos un tercer grado.

Agarró a Vanessa por el codo y fueron juntos hacia la puerta.

–No quiero interrogarla –murmuró Vanessa antes de abrir–. Sólo quiero saber si está cualificada para cuidar de mi hijo.

–Vamos a estar en el piso de abajo, así que podrás subir a ver cómo está el niño cuando te apetezca –le aseguró Marc, también en voz baja–. Esta noche será su noche de prueba, si te gusta, podrá quedarse con Danny cuando la necesitas. Si no te gusta, podremos contratar a una niñera de verdad. Una en la que confíes al cien por cien.

–Sólo estás intentando tranquilizarme, ¿verdad? –le preguntó ella, un tanto molesta.

Marc, que ya tenía la mano en el pomo de la puerta, se giró a mirarla y sonrió.

–Por supuesto. Mientras estés aquí quiero que tengas todo lo que necesites, o todo lo que tú quieras.

Ella abrió mucho los ojos y Marc supo que iba a protestar, así que se inclinó y le dio un beso.

Cuando se apartó de ella todo su cuerpo ardía de deseo.

–Indúltame –le dijo, metiéndole un rizo color cobrizo detrás de la oreja y deseando besarla otra vez–. Por favor.

Capítulo Trece

Como de costumbre, la cena con la familia de Marc fue agotadora. Deliciosa, pero agotadora.

Su madre estuvo tan altiva como siempre y a pesar de que a Vanessa siempre le habían caído bien Adam, el hermano de Marc, y su esposa, Clarissa, se dio cuenta de que estaban cortados por el mismo patrón que Eleanor. Habían nacido en cunas de oro y nunca habían necesitado nada que no tuvieran. Habían sido educados para no ir jamás despeinados y no decir nunca nada inadecuado.

El único motivo por el que Vanessa no se sentía tan mal con ellos era que, a pesar de su origen, Adam y Clarissa no eran tan fríos y críticos como su exsuegra. Desde que se había casado con Marc, siempre la habían tratado como a una más de la familia y se habían disgustado de verdad cuando Marc y ella habían roto. Incluso esa noche, se habían comportado con ella exactamente igual que en el pasado.

Eso había contribuido a calmar sus nervios al entrar en el opulento comedor. Eleanor ya estaba sentada a la cabecera de la mesa, como una reina esperando a su corte, cuando ellos llegaron, y su mirada la había hecho sentirse como un microbio a través de un microscopio.

Para su alivio, su exsuegra había jugado limpio mientras tomaban la sopa y la ensalada y había hablado de cosas sin importancia. Sin embargo, con el postre, Eleanor se había quitado parte de la máscara y había arremetido contra Vanessa todo lo que había podido.

Pero en esa ocasión Marc la había defendido, algo que no había hecho nunca antes. Probablemente porque, en el pasado, los ataques de Eleanor habían sido mucho más sutiles, o sólo había demostrado su odio por ella cuando ambas habían estado solas.

Esa noche, Marc había contestado a cada uno de los ataques de su madre, siempre en defensa de Vanessa. Y una vez terminado el postre, cuando había parecido que Eleanor iba a rematar la jugada, él se había levantado, había dado las buenas noches a su familia y había tomado la mano de Vanessa para sacarla del comedor.

Ella todavía estaba aturdida por el alivio y por la fuerza que le había dado Marc… y todavía iba aferrada a su mano como si se tratase de un salvavidas cuando llegaron al piso de arriba. Se sintió como en su primera cita, antes de saber lo que era realmente ser la señora de Marcus Keller.

Al llegar a la puerta de la habitación, los dos sonreían y a ella le faltaba un poco de aire. Marc le puso un dedo en los labios para que guardase silencio.

Y ella se dio cuenta de que había estado a punto de echarse a reír como una niña de doce años.

Contuvo la risa y, sin soltar la mano de Marc, lo siguió por el salón a oscuras. La niñera que se había quedado con Danny estaba sentada al lado de la cuna, leyendo una revista. Cuando los vio, cerró la revista y se puso en pie.

–¿Qué tal ha estado? –le preguntó Marc en un susurro.

–Bien –respondió la joven con una sonrisa–. Ha estado todo el tiempo dormido.

Ésa era una buena noticia para la niñera, pero no tanto para los padres, que pretendían dormir toda la noche del tirón.

–Eso significa que se despertará a media noche –susurró Vanessa–. Prepárate para sufrir por fin los rigores de la paternidad.

Él sonrió y le brillaron los ojos.

–Lo estoy deseando.

Marc le dio un par de billetes a la niñera y la acompañó a la puerta, dejando a Vanessa al lado de la cuna de Danny. Tenía un nudo en la garganta de la emoción, al pensar en que habían estado los dos, padre y madre, delante de la cuna de su hijo, viéndolo dormir.

Así era como se había imaginado siempre que sería formar una familia. Había sido lo que había deseado cuando se había casado con Marc y cuando había intentado quedarse embarazada al principio.

Era gracioso, cómo la vida nunca era como uno planeaba.

Pero aquello tampoco estaba mal. Tal vez no fuese lo ideal, tal vez no fuese como ella había soñado, pero seguía emocionándola y haciendo que se le encogiese el corazón dentro del pecho.

–Espero que no se esté poniendo enfermo –murmuró, poniéndole la mano en la frente. No parecía tener fiebre–. No suele dormir tanto.

–Ha tenido un día muy largo –respondió Marc en el mismo tono–. Tú también estarías cansada si hubiese sido tu primer viaje tan largo.

Ella rió y tuvo que taparse la boca para no despertar al niño. Marc sonrió también, la agarró del brazo y la llevó hacia el dormitorio.

Una vez dentro, la hizo girar y la empujó hacia la puerta mientras la besaba.

Estuvieron varios minutos besándose apasionadamente. Vanessa se quedó sin aliento, sin vista, sin cordura y todo su mundo se redujo a Marc.

Cuando éste la dejó por fin respirar, parpadeó y echó la cabeza hacia atrás, mientras Marc continuaba mordisqueándole los labios.

–No era esto lo que yo tenía en mente cuando hablamos de compartir las habitaciones –consiguió decirle Vanessa por fin, después de tomar aire.

–Qué raro, porque es exactamente lo que yo había imaginado –murmuró él antes de chuparle el lóbulo de la oreja.

A Vanessa no le cabía la menor duda.

–Yo pensaba dormir en el sofá del salón. O irme a una de las habitaciones de invitados cuando nadie me viera –le dijo ella.

Y Marc le pasó el labio por la línea que va de la clavícula hasta detrás de la oreja, haciéndola gemir.

–Eso no está bien. Nada bien –murmuró Vanessa.

Él la levantó y la llevó directamente hasta la cama.

–Pues a mí me parece estupendo –respondió, dejándola caer sobre el colchón como un saco de patatas.

Aunque Vanessa no se sentía en absoluto como un saco de patatas, sobre todo cuando Marc se tumbó encima de ella.

En esa ocasión, cuando la besó, no protestó ni preguntó cómo iba a terminar aquello, porque sabía muy bien cómo iba a terminar. Ambos lo sabían.

Marc le desató el vestido, que iba anudado al cuello, dejando al descubierto sus pechos desnudos. Los acarició y le frotó los pezones hasta hacerla gemir y retorcerse de placer.

Luego llevó las manos a su espalda para bajarle la cremallera. Vanessa se incorporó un poco y esperó a que lo hiciese y luego Marc le bajó el vestido por completo y le quitó las sandalias también.

Y ella se quedó allí, sólo con las braguitas.

Marc se quedó unos segundos devorándola con la mirada, e hizo que se estremeciese, se sentía poderosa.

Así había sido al principio de su matrimonio, pero no había esperado sentir tanto deseo después de todo lo ocurrido. Aquello era casi como un milagro, aunque Vanessa no sabía cómo influiría en el futuro de sus vidas.

Los dedos de Marc por debajo del elástico de las braguitas la sacaron de sus pensamientos.

Le dejó que se las quitase y la dejase completamente desnuda y lo abrazó por el cuello para darle un apasionado beso. Marc gimió y apretó la erección contra su vientre.

Ella se movió para recibirla entre los muslos y lo abrazó por la cintura. Él gimió y se apretó todavía más.

Marc pensó que había algo entre ellos. Algo importante y que no debía menospreciar. Y entonces se dio cuenta de que eso era exactamente lo que había hecho en el pasado, menospreciar su relación con Vanessa.

Se había casado con ella, la había llevado a casa y había dado por hecho que siempre estaría allí. ¿Cómo no iba a ser feliz en una casa del tamaño de un palacio, con pista de tenis, cine, dos piscinas, establo, jardines, un estanque…? Todo lo que cualquier podría desear. Además de tener un marido con dinero más que de sobra para que no le faltase nada.

No obstante, durante las dos últimas semanas se había dado cuenta de muchas cosas. Había tenido sentimientos ajenos a él hasta entonces y se había empezado a hacerse muchas preguntas.

Tal vez el dinero no lo fuese todo. Eso significaba que Vanessa no lo había querido sólo por lo que tenía y por lo que quería darle.

Pero no sabía si eso era bueno o malo, porque él era rico e iba a seguir siéndolo.

Sí, era evidente que seguía habiendo un vínculo entre ambos.

Y no era sólo sexo, aunque éste fuese tan excepcional que merecía la pena pararse a reflexionar seriamente al menos un par de horas.

¿Existía la posibilidad de una reconciliación? ¿Podrían volver a intentarlo y construir algo mejor y más fuerte de lo que habían tenido?

¿Y aunque pudiesen, debían hacerlo?

Eran demasiadas cosas como para considerarlas en ese momento, dado que su mente estaba ocupada con otros objetivos mucho más inmediatos e infinitamente más placenteros. No obstante, tenía que reflexionar y decidir si lo que pensaba que estaba sintiendo era real.

Porque creía estar sintiendo amor. Amor. Anhelo. Devoción. Y el deseo de que su relación con Vanessa fuese permanente.

Marc gimió al notar la lengua de Vanessa en su boca y que lo apretaba con los muslos. El calor de su cuerpo desnudo le quemó por encima de la ropa y, de repente, deseó quitársela.

Empezó a desabrocharse la camisa y el cinturón de los pantalones. Ella se apartó sólo lo necesario para dejarle espacio para quitárselo todo.

Una vez desnudo subió a Vanessa hacia arriba, con cuidado para que no se diese con el cabecero de la cama y colocó las almohadas, poniéndole varias debajo de las caderas.

Luego volvió a besarla mientras le acariciaba la cintura y la espalda con las puntas de los dedos. Su piel era perfecta, como una estatua de alabastro, todo elegantes curvas. Aunque las estatuas eran frías e inánimes y Vanessa todo lo contrario. Era apasionada y bella, y la única mujer a la que le había hecho el amor allí, en su cama.

Antes de su matrimonio había sido más fácil ir a un hotel o al apartamento de la chica en cuestión.

Y después de su divorcio… lo cierto era que no había estado con nadie. Se había concentrado en el trabajo y en la empresa.

La abrazó por la espalda y la apretó con fuerza contra su cuerpo. Ella enterró los dedos en su pelo y le masajeó el cuero cabelludo y la nuca, cosa que siempre le había encantado. Hizo que se estremeciese y se excitase todavía más.

Vanessa envolvió su erección con la mano y se la acarició con suavidad antes de guiarla muy despacio hacia su sexo.

Marc notó cómo lo rodeaba su calor y su humedad. Era una de las sensaciones más increíbles que había tenido en toda su vida. Por muchas veces que ocurriera, era casi una experiencia religiosa.

Empezó a moverse en su interior mientras la besaba, cada vez con mayor rapidez, intentando aguantar lo máximo posible.

Pero contener el orgasmo era como controlar un monzón. Su única esperanza era que a Vanessa le diese tiempo a terminar antes.

Metió una mano entre ambos para acariciarla y provocarle el orgasmo. Ella dio un grito ahogado al instante.

Marc hizo otro esfuerzo por aguantar y continuó acariciándola. Vanessa gimió y arqueó la espalda.

—Eso es, cariño. Déjate llevar.

Y Vanessa gritó al notar cómo el placer la iba sacudiendo de la cabeza a los pies.3

Marc no tardó mucho más. En cuanto notó que Vanessa llegaba al clímax, dejó de controlarse y compartió su felicidad.

Capítulo Catorce

Vanessa se despertó cuando el sol de la mañana empezó a entrar por entre las cortinas. Sonrió mientras se estiraba como un gato, sintiéndose mejor que en mucho tiempo.

Giró la cabeza, miró el reloj y se sentó enseguida. ¡Las diez de la mañana! ¿Cómo podía haber dormido tanto?

Había tenido una noche agotadora, en la que Marc y ella habían hecho el amor tres veces y Danny la había hecho levantarse otro par, pero aun así, lo normal era que Danny llevase ya un rato despierto.

Se giró para sentarse al borde de la cama y su mano tocó un papel.

He tenido que irme a trabajar. Danny está con Marguerite. Volveré a la hora de la cena.
Te quiere,

M.

Directo al grano, típico de él. Lo que no era normal era que le dijese que la quería con tanta frivolidad. ¿O lo había hecho sólo por costumbre?

A Vanessa se le encogió el corazón en el pecho,

pero prefirió no darle demasiadas vueltas al tema. Al menos, por el momento.

Salió de la cama, se puso unos pantalones de lino y una camiseta naranja y salió de la habitación para ir al piso de abajo.

Se asomó a varias habitaciones antes de encontrar a Danny, que estaba con la biblioteca. Había una manta negra en el suelo, y allí estaba Danny, rodeado de juguetes, con la misma chica que lo había cuidado la noche anterior, que también estaba sentada en el suelo, haciéndole muecas y jugando con él.

—Señora Keller —murmuró ésta al verla llegar, poniéndose en pie y colocando ambas manos con nerviosismo detrás de su espalda.

—En realidad soy Mason —respondió Vanessa automáticamente, acercándose a la manta para arrodillarse al lado de su hijo y tomarlo en brazos.

Danny rió e intentó agarrarle el pelo. Y ella rió también y le dio un beso en la mejilla.

—Gracias por cuidarlo otra vez —dijo, poniéndose en pie y yendo a sentarse a un sofá.

—Es un placer, señora. El señor Keller me dijo que le podía dar un biberón, así que ya lo ha tomado y ha eructado. También lo he cambiado.

Vanessa asintió y sonrió. Deseó decirle que se marchara y quedarse a solas con su hijo, pero le dio pena, sobre todo, sabiendo que Eleanor era una tirana con sus empleados.

Se puso en pie, le dio otro beso al niño en la frente y lo dejó de nuevo en la manta.

–¿Te importaría cuidarlo otro rato? –le preguntó a la chica–. Me gustaría desayunar.

La joven la miró aliviada y corrió a sentarse en la manta.

–Por puesto, señora. Tómese todo el tiempo que quiera.

–Gracias.

Y Vanessa fue hacia la cocina, a pesar de saber que debía ir directa al comedor y allí aparecería un sirviente que le pondría el desayuno en un minuto. El personal de cocina estaba ocupado recogiendo el desayuno del resto de la familia y preparando la comida cuando ella llegó.

–Señora Keller –dijo una de las sirvientas, sorprendida al verla allí.

Ella sonrió y no se molestó en corregirla.

–Hola, Glenna. Me alegro de verte.

La mujer sonrió con cariño.

–Yo también, señora.

–¿Cuántas veces te he dicho que me llames Vanessa? –preguntó ella en tono amable.

La mujer asintió, pero Vanessa supo que la regañarían si la llamaba por su nombre.

–No he desayunado. ¿Podrías prepararme una tostada y un zumo? –añadió, sabiendo que no debía intentar prepararse nada ella sola.

–Por supuesto, señora.

Glenna se puso a prepararle una bandeja mientras ella se instalaba en un taburete allí, en la isla que había en el centro de la cocina. Podía haber ido a esperar al comedor, pero era una habitación demasiado grande y vacía, mientras que la cocina era mucho más acogedora y bullía de energía. Además, prefería no encontrarse con Eleanor, y sería más fácil no verla allí que en el resto de la casa.

Se tomó dos tostadas y un huevo revuelto porque Glenna insistió y luego volvió a la biblioteca. Marguerite seguía allí, y Danny seguía jugando y riendo.

Vanessa rió también al verlo y fue directa a sentarse con él y a charlar con Marguerite, que le contó que estaba estudiando y trabajaba allí en verano para sacar dinero para la matrícula del año siguiente.

—Vaya, qué bonita estampa.

El tono crispado de Eleanor interrumpió a la joven a media frase e hizo que se incorporase de un salto.

—Puedes marcharte —le dijo Eleanor.

Marguerite asintió y murmuró:

—Sí, señora.

Vanessa también estaba incómoda con la repentina aparición de su exsuegra, pero no iba a permitir que se diese cuenta.

Así que se quedó donde estaba y continuó jugando con Danny, controlando el impulso de levantar la mirada hacia donde estaba la otra mujer.

—No tenías por qué asustarla, Eleanor —le dijo por fin, mirándola—. Es una buena chica. Estábamos teniendo una conversación interesante.

—Ya te he dicho antes que es improcedente hacerse amigo del servicio.

Vanessa rió al oír aquello.

–Me temo que no estoy de acuerdo, sobre todo, teniendo en cuenta que yo también era el servicio, ¿recuerdas?

–Por supuesto que me acuerdo –replicó Eleanor en tono frío.

Cómo no. ¿Acaso no era ése el principal motivo por el que nunca le había gustado que se casase con su hijo? ¿Que un heredero de los Keller se casase con una camarera monda y lironda?

–¿De verdad piensas que esto va a funcionar? –continuó Eleanor–. ¿Que puedes ocultarle a mi hijo que ha sido padre durante un año y luego volver como si tal cosa a una vida de lujo, atrapándolo en tus redes otra vez?

Ella mantuvo la mano donde la tenía, en el vientre de Danny, y siguió acariciándolo mientras contestaba:

–Yo no considero que vivir aquí sea tener una vida de lujo. Puedes tener mucho dinero, pero esta casa no es un hogar. No hay calor ni amor.

Hizo una pausa para abrazar a Danny contra su pecho antes de ponerse en pie.

–Y no estoy intentando atrapar a Marc. Nunca lo he hecho. Yo sólo quería amarlo y ser feliz, pero tú no podías permitirlo, ¿verdad?

Colocó a Danny en su cadera y continuó diciendo lo que llevaba tantos años queriendo decir:

–Marc jamás debía haberse enamorado de una mujer con sangre roja en las venas, en vez de azul, como la de él. Ni tampoco debía ser feliz ni tomar sus propias decisiones, ni dejar de estar bajo tu dominio y tu opresión.

A pesar de estar hablando con cierto miedo, Vanessa se sintió aliviada… y más fuerte de lo que había esperado.

¿Por qué no había tenido valor para decirle a Eleanor aquello mucho antes? Tal vez hubiese conseguido salvar su matrimonio. Tal vez se habría ahorrado muchas lágrimas. Les habría ahorrado a todos meses y meses de tristeza.

A Eleanor, por supuesto, aquel primer acto de independencia no le sentó nada mal. Tenía las mejillas sonrojadas, los ojos entrecerrados y la mandíbula apretada.

–¿Cómo te atreves? –inquirió.

Pero su ira no desconcertó a Vanessa lo más mínimo. Ya no.

–Debí haberme atrevido hace mucho tiempo. Debí haberme enfrentado a ti, no haberme dejado intimidar sólo porque procedieses de una familia de dinero y estuvieses acostumbrada a mirar a la gente por encima del hombro. Y debería haberle contado a Marc cómo me tratabas desde el principio en vez de intentar mantener la paz y evitar manchar la opinión que tu hijo tenía de ti.

Vanessa sacudió la cabeza, con tristeza, pero con determinación.

–Era joven y tonta, pero he madurado mucho en el último año. Y tengo un hijo… un hijo al que no voy a dejarte mangonear, ni voy a permitir que vea cómo me mangoneas a mí. Lo siento, Eleanor, pero si quieres formar parte de la vida de tu nieto, vas a tener que empezar a tratarme con respeto.

A juzgar por la expresión de su exsuegra, eso no iba a suceder.

–Fuera. Vete –espetó furiosa–. Fuera de mi casa –repitió, señalando con el dedo adornado por un enorme diamante hacia la puerta.

Vanessa no necesitó que se lo dijese dos veces.

–Encantada –le dijo, inclinándose para recoger las cosas de Danny.

Luego pasó al lado de Eleanor con los hombros rectos y subió a la habitación de Marc para hacer la maleta.

Marc detuvo el Mercedes delante de la casa y apagó el motor. Normalmente lo dejaba en el garaje, pero en esa ocasión sólo iba a estar unos minutos. Se le habían olvidado unos documentos en el escritorio de su habitación y quería recogerlos y volver al trabajo lo antes posible, para que le diese tiempo a hacerlo todo y estar libre para la hora de la cena.

Normalmente se saltaba la cena en familia, pero en esa ocasión tenía ganas de estar allí, en casa, con Vanessa y con Danny.

Sonrió sólo de pensar en ellos y se miró el reloj para ver cuánto tiempo podría entretenerse.

Delante de él había aparcado un taxi y se preguntó qué haría allí. Tal vez su madre tuviese visita.

Subió las escaleras, abrió la puerta y se detuvo de

golpe al ver una pila de maletas y de cosas de bebé en el recibidor.

–¿Qué demonios está pasando aquí? –murmuró para sí mismo.

Oyó un ruido en lo alto de las escaleras y levantó la cabeza. Vanessa bajaba con Danny en brazos, con dos de las sirvientas de su madre detrás, cargadas de cosas.

–Gracias por vuestra ayuda –les estaba diciendo Vanessa–. Os lo agradezco mucho.

–¿Qué ocurre? –preguntó él en voz alta.

Vanessa levantó la cara al oírlo.

–Marc –susurró–. No esperaba que volvieses tan pronto.

–Es obvio –respondió con el ceño fruncido–. ¿Ibas a escabullirte otra vez? –la acusó.

–No –respondió ella, humedeciéndose los labios con nerviosismo–. Quiero decir, que sí, que me marcho, pero que no estaba intentando escabullirme. Te he dejado una nota arriba... detrás de la que me has dejado tú a mí esta mañana.

Él pensó, con cierto sarcasmo, que aquello era diferente.

–¿Y con una nota me compensas por marcharte mientras yo estoy trabajando? –inquirió Marc–. ¿Con mi hijo?

–Por supuesto que no. Aunque, cuando leas mi nota verás que te explicaba que no nos marchamos. Sólo vamos a trasladarnos de la mansión a un hotel en el centro. Iba a quedarme allí hasta que tuviese la oportunidad de hablar contigo.

–¿De qué?

Vanessa tragó saliva.

–Tu madre me ha pedido que me marche.

Él abrió mucho los ojos, sorprendido.

–¿Por qué?

–Por el mismo motivo que la última vez, porque me odia. O, al menos, no le parezco bien. Nunca he sido lo suficientemente buena para ti y jamás lo seré. Aunque en esta ocasión ha sido más rotunda que nunca a la hora de echarme porque la he retado.

–La has retado –murmuró él, intentando procesarlo, pero cada vez más confundido–. ¿Y por qué lo has hecho?

–Porque me niego a que me sigua mangoneando. Me niego a que me haga sentir inferior sólo porque siempre me considerará una camarera que no merece el cariño de su hijo.

Marc sacudió la cabeza y avanzó hacia ella.

–Seguro que ha sido un malentendido. Mi madre puede ser distante, pero sé que está emocionada con Danny y seguro que también se alegra de tenerte a ti de vuelta en casa.

Alargó la mano para tocarla, pero Vanessa retrocedió.

–No, no es un malentendido, Marc –le respondió en tono implacable–. Sé que quieres a tu madre y jamás te pediré que no lo hagas. Nunca intentaría distanciarte de tu familia, pero, a pesar de quererte mucho, no puedo quedarme aquí ni un minuto más.

A Marc se le encogió el corazón en el pecho al oír aquello. Lo quería…

–Me quieres –repitió–. Vale. Me quieres, pero te marchas. Otra vez. ¿Y Danny? ¿Has pensado en él? ¿Y el niño del que tal vez estés embarazada? Mi futuro hijo.

–No es justo que me hables así, Marc –le dijo ella en voz baja.

–La verdad duele, ¿no? Con divorcio o sin divorcio, sabías que estabas embarazada y ni siquiera te molestaste en contármelo.

–No te atrevas a echarme eso en cara. Mantuve a Danny en secreto, sí, pero sólo porque tú te negaste a hablar conmigo. Intenté contártelo, pero no te molestaste en escucharme.

–¿De qué estás hablando? –preguntó él con cautela.

–Te llamé en cuanto supe que estaba embarazada, pero tú habías dicho que no tenías nada de qué hablar conmigo.

–Yo nunca he dicho eso –murmuró Marc.

–Sí, ése fue el mensaje que me dio Trevor cuando le pedí que te pasase la llamada.

–Trevor.

–Sí.

Marc se sacó el teléfono del bolsillo y llamó a su asistente.

–Sí, señor –respondió el joven enseguida.

–Estoy en mi casa y quiero que vengas aquí en menos de quince minutos.

–Sí, señor –respondió Trevor.

Marc miró a Vanessa a los ojos mientras cerraba el teléfono.

—No tardará en llegar y vamos a llegar al fondo de este asunto de una vez por todas.

Capítulo Quince

A Vanessa los segundos empezaron a parecerle horas y los minutos, años. Y Danny cada vez le pesaba más.

–Deja que lo tome yo –le dijo Marc al ver que hacía amago de sentarse en las escaleras.

Ella dudó un instante, pero se lo dio.

–Se está haciendo grande, ¿verdad? –añadió él sonriendo.

–Sí, está creciendo.

Iba a sugerir que fuesen a sentarse al salón a esperar a Trevor, pero en ese momento oyeron un coche en la calle y un minuto después se abría la puerta.

Marc le devolvió al niño a Vanessa y se giró muy serio hacia su asistente.

–Voy a hacerte unas preguntas y quiero que me respondas con sinceridad. No se te ocurra mentirme, ¿entendido?

Trevor Storch palideció.

–Sí, señor –balbució.

–¿Llamo Vanessa al despacho el año pasado, justo después del divorcio, para hablar conmigo?

Trevor miró un instante hacia donde estaba ella con el niño.

–¿Sí o no, Trevor? –inquirió Marc.

–Sí, señor –respondió–. Es posible.

–¿Y le dijiste tú que yo no tenía nada de qué hablar con ella?

Trevor abrió los ojos como platos.

–Yo… yo…

Cerró la boca, se humedeció los labios con nerviosismo y dejó caer los hombros.

–Sí, señor –admitió–. Lo hice.

–¿Por qué? –quiso saber Marc, sorprendido.

–Porque yo le dije que lo hiciera.

La voz de Eleanor, profunda y severa, hizo que Vanessa se sobresaltase. Danny empezó a moverse en sus brazos y ella lo balanceó y le dio un beso en la cabeza para tranquilizarlo.

–Madre –murmuró Marc, girándose hacia ella–. ¿Qué estás diciendo?

–Que, después de tu separación, yo ordené al señor Storch que filtrase cualquier llamada de la señorita Mason que llegase al despacho y que le dijese a ésta que no querías volver a hablar con ella.

Marc miró a su madre y a Trevor con incredulidad.

Vanessa tenía el corazón acelerado, estaba emocionada.

–¿Por qué lo hiciste? –le preguntó a su madre.

Eleanor apretó los labios.

–Es basura, Marcus. Fue una pena que te casaras con ella y la trajeses a casa, pero no podía consentir que siguieseis en contacto cuando por fin habías tenido la sensatez de divorciarte de ella.

–Así que le ordenaste a mi asistente que no permitiese que hablase conmigo –dijo él.

–Por supuesto –respondió ella–. Haría cualquier cosa por proteger a la familia de semejante cazafortunas.

–Se llama Vanessa –le dijo Marc entre dientes.

Antes de que a su madre le diese tiempo a responder, Marc se acercó a Vanessa y tomó a Danny en brazos. Luego, volvió a acercarse a Trevor.

–Estás despedido –le dijo–. Vuelve al despacho y recoge tus cosas.

–Sí, señor –respondió él.

–Y tú –continuó Marc, girándose para fulminar a su madre con la mirada–. Siempre pensé que Vanessa exageraba cuando me contaba lo mal que te habías portado con ella a mis espaldas, pero ahora veo que tenía razón.

Marc hizo una pausa y luego añadió:

–No volverás a vernos jamás. Vendrán a por mis pertenencias y a por cualquier cosa que quede de Vanessa. La empresa es mía. Mía y de Adam. A partir de ahora ya no formas parte de la junta directiva y tu nombre no volverá a figurar en nada relacionado con la corporación.

–No puedes hacer eso –protestó Eleanor.

–Verás como sí.

Y, dicho aquello, Marc abrió la puerta y salió por ella con Vanessa al lado.

–Dejad todas las cosas de Vanessa en mi coche –les dijo a las sirvientas.

Luego se acercó al taxi para pagarle.

–¿Qué vamos a hacer? –le preguntó Vanessa, todavía sin poder creer lo que acababa de ocurrir.

Él levantó una mano para tocarle la cara.

–Nos marchamos. Nos quedaremos en un hotel hasta que lo arregle todo en el trabajo, luego, volveremos a Summerville.

–Pero…

–No hay peros que valgan –le respondió él, suavizando el tono–. Lo siento, Vanessa. No lo veía. No te creía porque no quería admitir que mi familia no era perfecta ni que pudiese tratar a mi esposa de otro modo que no fuese con cariño y con respeto.

Le acarició la mejilla y Vanessa notó que se derretía.

–Si lo hubiese sabido, si hubiese entendido lo que estabas pasando, lo habría parado. Jamás habría permitido que lo nuestro se estropease.

Ella no podía hablar, pero lo creía.

–Te quiero, Vanessa. Siempre te he querido y siento haber malgastado tanto tiempo.

Ella notó cómo las lágrimas, lágrimas de felicidad, le inundaban los ojos.

Marc se inclinó y apoyó la frente en la de ella.

–Si pudiese volver atrás y hacer las cosas de otra manera, jamás te dejaría marchar.

–Yo también te quiero –le dijo ella–. Y jamás quise marcharme, pero no podía continuar viviendo así.

–Lo sé.

–Y no quise mantener en secreto mi embarazo. Intenté contártelo, pero cuando Trevor se negó a

pasarte la llamada, me sentí tan dolida y enfadada...

–Lo entiendo. Ambos hemos cometido errores,
pero no volveremos a hacerlo, ¿verdad?

Vanessa negó con la cabeza e hizo un esfuerzo
por contener las lágrimas.

Él tomó su rostro con ambas manos y le dio un
suave beso.

–Te quiero de verdad, Nessa. Para siempre.

–Yo también te quiero –intentó decirle ella, pero
Marc ya la estaba besando con toda la pasión que
había surgido entre ambos desde el momento en
que se habían conocido.

Epílogo

Dos años después…

Marc recorrió la calle principal de Summerville silbando y saludando a los amigos con los que se iba cruzando. Silbando. Jamás había silbado en el pasado, pero últimamente se había sorprendido haciéndolo en varias ocasiones.

Lo que significaba que vivir en un pueblo no era tan aburrido y limitador como él había imaginado.

Aunque tampoco pensase que su felicidad tuviese tanto que ver con el lugar en el que vivía, como con cómo vivía, y con quién.

Aupó a Danny en su cadera y siguió silbando. El niño iba vestido con unos pantalones vaqueros y unas zapatillas con el logo de La Cabaña de Azúcar.

Se le había ocurrido a él, además de vender por correo pasteles, también vendían camisetas, jerséis, ropa de bebé, café y tazas, e incluso llaveros. Ya que pensaba que era la mejor publicidad que podía tener Vanessa, además del boca a boca.

–Vamos a ver a mamá –le dijo a Danny–. A lo mejor te da una galleta.

–¡Galleta! –exclamó el niño aplaudiendo.

Marc se echó a reír.

Llegaron a la altura de La Cabaña de Azúcar y entraron en el local dedicado a la distribución.

Vanessa estaba detrás del mostrador, pero nada más verlos sonrió y salió. Llevaba el pelo cobrizo recogido en una cola de caballo y un delantal también con el logo de la tienda de un blanco inmaculado.

–¡Galleta! –gritó Danny.

Y ella se puso de puntillas para darle un beso al niño y otro al padre.

–Tengo una sorpresa para ti –anunció Marc mientras ella volvía detrás del mostrador.

La vio quitarse el delantal y buscar una galleta para Danny, volver a salir y dársela.

Sin el delantal se notaba mucho más que estaba embarazada de cuatro meses. Y cada vez que veía su vientre henchido, a Marc se le hacía un nudo en el estómago, de amor y de orgullo, y de alivio, por no haberla dejado marchar.

Se habían comprado una casa grande y muy bonita a las afueras del pueblo y se habían vuelto a casar, en esa ocasión en el ayuntamiento y con la mínima fanfarria. Sólo los habían acompañado tía Helen y Danny.

Después, habían hablado de tener otro hijo. Uno con el que Marc pudiese implicarse desde el principio.

–¿Cuál es la sorpresa? –le preguntó Vanessa.

Él se metió la mano en el bolsillo trasero de los chinos y sacó un catálogo que llevaba doblado. Lo abrió y se lo tendió para que lo viese.

–¡Oh, Dios mío! –gritó Vanessa emocionada, quitándoselo para hojearlo–. No puedo creer que esté terminado.

Era el catálogo de La Cabaña de Azúcar. Marc también había hecho diseñar una página web y estaba buscando otros locales en alquiler para abrir más Cabañas de azúcar en otras localidades.

–Y tengo más buenas noticias –añadió.

–¿Qué? –preguntó Vanessa contenta.

Marc sonrió.

–Adam y yo hemos cerrado el trato esta mañana para abrir La Cabaña de Azúcar en el vestíbulo de Keller Corporation.

Vanessa no saltó de alegría, como él había esperado.

–¿Qué ocurre?

–Nada, es maravilloso, pero me preocupa lo que piense tu madre cuando se entere. Y si terminamos volviendo a la ciudad, como tenemos planeado…

–Ya lo sabe, se lo ha contado Adam –le dijo él–. Sé que no será nunca la suegra ni la abuela perfecta, pero creo que, después de un tiempo sin tener noticias nuestras le ha quedado claro que siento devoción por ti. Eres mi esposa y no permitiré que nadie ni nada te haga daño ni se interponga entre nosotros. Ni siquiera mi madre.

Ella dio un paso al frente y apoyó las manos en su pecho.

–¿Lo sientes? –le preguntó en un susurro.

–Nada en absoluto. Sólo me importáis Danny y tú, y este pequeño que está creciendo en tu interior

–le dijo, acariciándole el vientre–. No cierro la puerta a hacer las paces con mi madre, pero no cambiaría mi vida de ahora por nada del mundo. ¿Lo entiendes?

Ella asintió despacio.

–Iré a limpiar a nuestro pequeño monstruo de las galletas mientras tú le enseñas el catálogo a tu tía. Con un poco de suerte se pondrá de buen humor y se quedará con Danny esta noche.

–¿Por qué? –le preguntó Vanessa.

–Porque me apetece algo dulce.

Vanessa inclinó la cabeza y le dedicó una seductora mirada.

–Bueno, pues estás en una panadería. Hay dulces por todas partes.

–Lo que yo quiero no está en el catálogo.

–O sea, que quieres hacer un pedido especial.

Él asintió.

–Pues tienes suerte, porque gracias a mi marido, hacemos pedidos especiales. Aunque tendrás que pagar un precio especial por el envío.

Él hizo una mueca y dijo en voz baja.

–Ningún problema. Por si no lo sabías, soy rico.

Ella sonrió y lo abrazó por el cuello.

–Yo también –murmuró.

Y ninguno de los dos hablaba de dinero.

La mujer perfecta
DAY LECLAIRE

Lo primero era el matrimonio… y Justice St. John tenía un plan. Usando una ecuación infalible, el brillante científico diseñó un programa para encontrar a la mujer perfecta. Pero después de una noche de pasión inesperada, descubrió que Daisy Marcellus era la mujer más inadecuada, así que volvió a empezar.

Sin embargo, su pasión tuvo consecuencias y cuando Daisy lo localizó, con la pequeña Noelle a cuestas, llenó su mundo frío y metódico de vida, color y caos. Sus negociaciones para el futuro acababan de empezar cuando Daisy descubrió que él aún seguía buscando a la esposa perfecta…

La búsqueda del millonario

¡YA EN TU PUNTO DE VENTA!

Acepte 2 de nuestras mejores novelas de amor GRATIS

¡Y reciba un regalo sorpresa!

Oferta especial de tiempo limitado

Rellene el cupón y envíelo a

Harlequin Reader Service®
3010 Walden Ave.
P.O. Box 1867
Buffalo, N.Y. 14240-1867

¡Sí! Por favor, envíenme 2 novelas de amor de Harlequin (1 Bianca® y 1 Deseo®) gratis, más el regalo sorpresa. Luego remítanme 4 novelas nuevas todos los meses, las cuales recibiré mucho antes de que aparezcan en librerías, y factúrenme al bajo precio de $3,24 cada una, más $0,25 por envío e impuesto de ventas, si corresponde*. Este es el precio total, y es un ahorro de casi el 20% sobre el precio de portada. !Una oferta excelente! Entiendo que el hecho de aceptar estos libros y el regalo no me obliga en forma alguna a la compra de libros adicionales. Y también que puedo devolver cualquier envío y cancelar en cualquier momento. Aún si decido no comprar ningún otro libro de Harlequin, los 2 libros gratis y el regalo sorpresa son míos para siempre.

416 LBN DU7N

Nombre y apellido   (Por favor, letra de molde)

Dirección   Apartamento No.

Ciudad   Estado   Zona postal

Esta oferta se limita a un pedido por hogar y no está disponible para los subscriptores actuales de Deseo® y Bianca®.
*Los términos y precios quedan sujetos a cambios sin aviso previo.
Impuestos de ventas aplican en N.Y.

SPN-03   ©2003 Harlequin Enterprises Limited

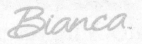

La señorita intachable cayó en los brazos del rey de los ganaderos...

De comportamiento inta-
chable, la señorita de la alta
sociedad, reconvertida en
periodista, Holly Harding,
buscaba su primera gran
exclusiva. ¿Y quién mejor
que el infame rey de los ganaderos, Brett Wyndham?
Sin embargo, cuando Holly
conoció a Brett, descubrió
en el enigmático multimillo-
nario algo inherentemente
peligroso que la hizo temer
por su actitud sensata y
profesional.

Cuando el avión privado en
el que viajaban se estrelló
en el interior de Australia,
se vio obligada a depender
de Brett para su protección.
¿Cuánto tiempo podría la
inexperta Holly negar la
abrasadora atracción que
existía entre ellos?

Aventura para dos

Lindsay Armstrong

Seduciendo a su esposa
ANNA DePALO

La responsable Belinda Went-
worth siempre había sido res-
petuosa con los patrones socia-
les. Salvo cuando se casó con
el enemigo de su familia, Colin
Granville, marqués de Easter-
bridge, en una rápida ceremo-
nia en Las Vegas... que anuló
horas más tarde.
O eso pensaba.
Porque justo cuando estaba a
punto de darle el «Sí, quiero» a
un hombre respetable, Colin
irrumpió en la iglesia con la noticia de que aún seguían casados. Y pretendía conservar a su
esposa... en cuerpo y alma.

"La novia está casada conmigo"

¡YA EN TU PUNTO DE VENTA!